DANS LA MÊME COLLECTION

Alphonse Allais
L'affaire Blaireau
A l'œil

Richard Bach
Jonathan Livingston
le goéland

Honoré de Balzac
Le colonel Chabert

Charles Baudelaire
Les Fleurs du Mal

René Belletto
Le temps mort
- L' homme de main
- La vie rêvée

Pierre Benoit
Le soleil de minuit

Bernardin de Saint-Pierre
Paul et Virginie

André Beucler
Gueule d'amour

Ray Bradbury
Celui qui attend

Francis Carco
Rien qu'une femme

Jacques Cazotte
Le diable amoureux

Jean-Pierre Chabrol
Contes à mi-voix
- La soupe de la mamée
- La rencontre de Clotilde

Andrée Chedid
Le sixième jour

Bernard Clavel
Tiennot

Jean Cocteau
Orphée*

Colette
Le blé en herbe
La fin de Chéri
L'entrave

Corneille
Le Cid

Alphonse Daudet
Lettres de mon moulin

Denis Diderot
Le neveu de Rameau

Philippe Djian
Crocodiles

Arthur Conan Doyle
Sherlock Holmes
- La bande mouchetée
- Le rituel des Musgrave
- La cycliste solitaire
- Une étude en rouge

Alexandre Dumas
La femme au collier
de velours

Gustave Flaubert
Trois contes

Victor Hugo
Le dernier jour
d'un condamné

Franz Kafka
La métamorphose

Stephen King
Le singe
La ballade de la balle
élastique

Madame de La Fayette
La Princesse de Clèves

Longus
Daphnis et Chloé

Pierre Louÿs
La Femme et le Pantin

Howard P. Lovecraft
Les Autres Dieux

Arthur Machen
Le grand dieu Pan

Guy de Maupassant
Le Horla
Boule de Suif
Une partie de campagne
La maison Tellier

Prosper Mérimée
Carmen

Molière
Dom Juan

Alfred de Musset
Les caprices de Marianne

Gérard de Nerval
Aurélia

Ovide
L'art d'aimer

Charles Perrault
Contes de ma mère l'Oye

Platon
Le banquet*

Edgar Allan Poe
Double assassinat dans
la rue Morgue

Alexandre Pouchkine
La fille du capitaine
La dame de pique

Ellery Queen
Le char de Phaéton

Raymond Radiguet
Le diable au corps

Jean Ray
Harry Dickson
- Le châtiment des Foyle
- Les étoiles de la mort
- Le fauteuil 27

Jules Renard
Poil de Carotte

Arthur Rimbaud
Le bateau ivre

George Sand
La mare au diable*

Erich Segal
Love Story

William Shakespeare
Roméo et Juliette
Hamlet

Sophocle
Œdipe roi

Robert Louis Stevenson
Olalla des Montagnes

Ivan Tourgueniev
Premier amour

Henri Troyat
La neige en deuil
Le geste d'Eve
La pierre, la feuille
et les ciseaux

Albert t'Serstevens
L'or du Cristobal

Paul Verlaine
Poèmes saturniens
suivi des Fêtes galantes

Jules Verne
Les cinq cents millions
de la Bégum
Les forceurs de blocus

Voltaire
Candide
Zadig ou la destinée*

Emile Zola
La mort d'Olivier Bécaille

* Titres à paraître

Tiennot

ŒUVRES PRINCIPALES

Romans
Le tonnerre de Dieu
(Qui m'emporte)
L'ouvrier de la nuit
L'Espagnol
Malataverne
Le voyage du père
L'hercule sur la place
L'espion aux yeux verts
Le tambour du bief
Le Seigneur du Fleuve
Le silence des armes
Tiennot
La bourrelle
L'Iroquoise
L'homme du Labrador
Quand j'étais capitaine
Meurtre sur le Grandvaux
Cargo pour l'enfer
La révolte à deux sous

La grande patience :
La maison des autres
Celui qui voulait voir
la mer
Le cœur des vivants
Les fruits de l'hiver
(Prix Goncourt 1968)

Les colonnes du ciel :
La saison des loups
La lumière du lac
La femme de guerre
Marie Bon Pain
Compagnons du Nouveau-Monde

Le Royaume du Nord :
Harricana
L'or de la terre
Miséréré
Amarok
L'angélus du soir
Maudits sauvages

Divers
Le massacre des innocents
Pirates du Rhône
Paul Gauguin
Léonard de Vinci
L'arbre qui chante
Victoire au Mans
Lettre à un képi blanc
Le voyage de la boule de neige
Écrit sur la neige
Je te cherche, vieux Rhône
L'ami Pierre
La maison du canard bleu
Bonlieu ou le silence des nymphes
Légendes des lacs et des rivières
Légendes de la mer
Légendes des montagnes et
des forêts
Terres de mémoire
Bernard Clavel, qui êtes-vous ?
Le grand voyage de Quick Beaver
A Kénogami
L'autobus des écoliers
Le rallye du désert
Le mouton noir et le loup blanc
L'oie qui avait perdu le Nord
Au cochon qui danse
La cane de Barbarie
Le roi des poissons

Bernard Clavel

Tiennot
ou l'île aux Biard

Texte intégral

© Bernard Clavel, 1977

PREMIÈRE PARTIE

1

C'était le 17 août, au milieu de l'après-midi. Une chaleur étouffante, sans le moindre soupir de vent. Un ciel uni, d'une teinte mal définie entre le gris et le bleu délavé, mais d'une intense luminosité, semblait onduler comme une toile détendue. Il pesait sur la forêt où les maisons s'adossaient pour chercher un semblant de fraîcheur. Les prés étaient grillés et les champs poussiéreux. Les éteules n'avaient plus de couleur. Seules les terres basses qui bordent la Loue demeuraient un peu plus vertes. Les bêtes qu'on y descendait, depuis une bonne semaine, se tenaient tout le jour à l'ombre des peupliers et des saules. Presque toutes étaient couchées, écrasées par l'été.

Sur le chemin du cimetière, un long ruban de femmes et d'hommes s'étirait dont le piétinement faisait monter dans la lumière crue un peu de poussière blanche.

Arthur Poussot et Étienne Biard étaient parmi les derniers. Étienne – qu'on appelait le Tiennot – s'appliquait à régler son pas sur celui d'Arthur beaucoup plus petit que lui. Devant eux, marchait Berthe Poussot, encadrée par deux femmes que Tiennot ne connaissait pas. Tiennot regardait les talons de la Berthe, puis, inclinant la tête sur le côté gauche, il observait un moment les pieds de son compagnon. Il avait beaucoup de difficultés pour rester à la hauteur d'Arthur. Il boitillait, gêné de ne pouvoir allonger son pas habituel. De loin en loin, une grimace de douleur tordait sa bouche aux lèvres lourdes. Il leva la tête et regarda devant lui, vers le tournant et jusqu'aux maisons. Les premiers groupes atteignaient déjà l'entrée de la rue. Alors il dit :

– Tout de même, ça faisait beaucoup de monde, hein !

– Ben sûr, dit Arthur, et c'est normal, il y avait déjà tout le village. Et puis, pas mal de gens sont venus de Montbarrey, de Chissey, de Belmont, de Parcey, enfin de partout quoi ! Et même de Dole et de plus loin encore... C'est normal. Il était connu, ton père. Estimé et tout. Il avait rendu tellement de services... Enfin !

– Et ces drapeaux, qu'est-ce que c'était ?

– Les Anciens Combattants et ceux de la Résistance. C'est normal.

Ils marchèrent un moment sans parler, puis, timidement, en baissant la voix et avec des regards inquiets vers ceux qui les suivaient, Tiennot demanda :

– Ses médailles, les deux types qui sont venus les chercher pour les mettre sur un oreiller noir, qu'est-ce qu'ils vont en faire, à présent ?

– Ils vont te les laisser chez Flavien. Elles sont à toi. Tu les garderas.

Tiennot parut soulagé. Il eut un hochement de tête, et une lueur de fierté passa dans son regard lorsqu'il dit :

– C'est sûr, j' vais les garder.

Arthur souleva son chapeau pour essuyer son crâne blanc avec un large mouchoir à carreaux violets, puis il dit :

– Par une chaleur pareille, le voilà bien plus au frais dans son trou que sur la route. Tu peux être certain qu'il transpire moins que nous autres.

Tiennot réfléchit quelques instants avant de répondre :

– C'est sûr. Seulement, il est mort. Y se rend pas compte.

– Ça finira bien par nous arriver. Tous autant qu'on est, nous voilà promis au trou.

– C'est sûr. Mais lui, y disait toujours : « Le plus tard sera le mieux. » Et il avait quand même que soixante-dix-huit.

– Ça, il aurait pu aller encore un bout. Mais finir de la sorte, d'un coup, sans se rendre compte, c'est mieux que de traîner des mois dans un lit. Surtout pour un comme lui, qui était si allant. Quand les gens nous voyaient tous les deux, ils disaient : « Ça fera deux centenaires. » Ben oui, va te faire foutre. Me voilà tout seul de la classe 15.

Arthur se donna une vingtaine de pas en silence pour reprendre son souffle, puis il ajouta :

– Mais tu as entendu le curé : à l'heure qu'il est, ton père se trouve déjà installé au paradis.

– Ah ! je l'ai pas entendu dire ça !

– Il l'a dit autrement, mais c'est la même chose.

– Ah ?

Tiennot ne semblait pas convaincu. Son compagnon l'observa un moment avant de dire :

– Tu demanderas un peu à la Berthe, tiens !

– Sûr, que je vais lui demander.

Avec une grimace de douleur, relevant un peu la tête, Tiennot allongeait déjà le pas pour se porter à hauteur des femmes. Arthur le retint par le bras.

– Pas à présent... À la maison, tu lui demanderas, quand elle sera toute seule.

– Pourquoi ? Y a pas de honte !

– Bien sûr que non. Mais toute seule, elle t'expliquera mieux.

Le regard brun de Tiennot alla du dos large de Berthe au visage rouge et luisant d'Arthur. L'effort qu'il faisait pour réfléchir et pour ne pas trébucher plissait son front bas sous les cheveux noirs d'où ruisselaient d'énormes gouttes grasses. Il cessa un instant de s'appliquer à marcher, et il buta du pied. Son grand corps eut quelque peine à retrouver l'équilibre. Il mâchonna un juron.

– Fais attention, dit Arthur.

– C'est ces putains de souliers... Ça me fait mal... Je peux plus avancer. J'ai jamais eu autant mal que ça.

Il s'arrêta et leva son pied droit qu'il secoua comme s'il eût espéré se débarrasser de sa douleur.

– Tu crois que tu pourras aller jusqu'à la maison ?

– Tu peux pas savoir ce que ça m' fait mal. Bon Dieu !... Elle les a pris trop petits. C'est sûr.

C'était Berthe Poussot qui, la veille, était allée jusqu'à Dole acheter une paire de vernis noirs, pour que Tiennot n'assiste pas aux obsèques de son père avec ses vieux brodequins roux dont les semelles commençaient à bâiller.

Tiennot se plaignait avec une petite voix d'enfant. Le coup donné contre une pierre lui avait endolori tout le pied. Arthur le poussa doucement vers le bas-côté.

– Viens t'asseoir. Tu vas te déchausser.

Tiennot avança docilement jusqu'au talus et se laissa tomber sur l'herbe sèche. Là, regardant passer les gens d'un œil inquiet, il demanda :

– Qu'est-ce qu'ils vont dire ?

– Que veux-tu qu'ils disent ? Rien du tout. La cérémonie est terminée. Personne n'a rien à redire. Et tout le monde sait bien ce que c'est que d'avoir mal aux pieds.

– Tu crois ?

– J'en suis certain. Et tout le monde comprendra. Les pieds faut jamais les forcer. Faut pas rigoler avec ça. Tu peux te les esquinter en une heure de temps et que ça te dure toute ta vie... Tiens, moi, quand j'étais soldat, les premiers jours, j'osais pas réclamer. On m'avait foutu des godillots trop petits. J'ai voulu forcer, et j'en ai gardé les pieds sensibles.

– Ah !

Tiennot observa les pieds d'Arthur qui portait de larges souliers noirs à bouts arrondis. Après un temps de réflexion, il dit :

– Je savais pas.

– C'est pourtant vrai. Je me suis abîmé en une journée. Ton père serait là, il te le dirait.

Lorsque quelqu'un s'arrêtait pour poser une question, Arthur interrompait son récit pour répondre :

– Il a mal aux pieds, c'est naturel, avec la chaleur, les pieds gonflent. Et des chaussures neuves, en plus, vous pensez ! Je lui dis de se déchausser, faut qu'il se déchausse.

Et tous approuvaient.

Arthur poursuivait son histoire avec force détails. Tiennot qui avait quitté ses souliers et ses chaussettes regardait ses pieds à la peau brune et qui, insensiblement, reprenaient leur forme large et pleine. Il faisait manœuvrer ses orteils dans la poussière. Quand Arthur eut terminé son récit, les pieds de Tiennot s'immobilisèrent bien à plat, à côté de ses chaussures où il avait enfilé ses chaussettes roulées en boule.

Il leva vers Arthur un regard où se lisait un grand trouble, et il demanda :

– Tu es certain qu'il y était ?

– Qui donc ?

– Mon père, pardi !

Arthur se pencha, un peu effrayé.

– Mais où voulais-tu qu'il soit ?

– C'est étonnant, il m'en a jamais causé.

12

– Mais de quoi parles-tu ?

La voix de Tiennot se fit plus forte, comme irritée.

– De ton mal aux pieds !... Tu es certain qu'il était avec toi ?

Soulagé, le vieil homme se redressa en soupirant.

– Naturellement, puisqu'on a toujours été ensemble.

– Tout de même, ça m'étonne. Il me l'a jamais dit.

– Il aura oublié. C'est moi qui avais mal, c'est pas lui.

Tiennot réfléchit un peu, puis il dit, avec un mouvement d'épaules qui témoignait de son incrédulité :

– C'était pourtant pas un homme à se moquer du mal des autres... Et surtout pour un ami.

Un peu agacé, Arthur fit un pas en disant :

– Allons, viens, il n'y a plus que nous.

Tiennot ramassa ses souliers et déplia lentement son grand corps. Il semblait que ses épaules tombantes et son large dos rond allaient faire craquer la veste dont la sueur traversait le tissu gris. Il regarda vers le cimetière et murmura :

– Ce coup-ci, le voilà bien tout seul... Et moi aussi. Bon Dieu, me voilà bien tout seul !

Ses grosses mains portant chacune un soulier s'écartèrent de son corps, et il eut un geste de fatigue avant de rejoindre Arthur.

– Tout seul, fit le vieux, c'est pas gentil pour nous, ce que tu dis là. Tu sais bien que la maison te sera toujours ouverte.

Tiennot s'était remis à marcher plus librement et attentif seulement à ne pas avancer plus vite qu'Arthur. Il ne semblait pas avoir entendu, et pourtant, après une bonne minute de silence, il dit :

– Je veux pas laisser la maison... Et puis les bêtes, alors, qu'est-ce que j'en ferais, des bêtes ?

– On verra bien, dit Arthur. Il faut prendre le temps de te retourner.

Les dernières silhouettes sombres avaient disparu, absorbées par la première maison du village. Ce qu'il leur restait de route à parcourir était nu sous le soleil. Pas un arbre. Une ligne droite puis un double tournant avant la mare et le tas de fumier d'Émile Vignard. C'était tout, et de chaque côté, une succession de prés, de champs, d'éteules de blé ou

13

d'avoine séparés par des clôtures de barbelés. Et, sur tout cela, cette lumière aveuglante, cette chaleur qui montait de la terre autant qu'elle coulait du ciel. Rien, en quelque sorte que ces choses de la vie qui vous sont sous les yeux tous les jours et qu'on finit par ne plus remarquer. Rien que ces terres nues qui séparaient du village des vivants, le village plus resserré des morts.

2

Lorsqu'ils entrèrent chez Flavien Cuisey, la longue salle était déjà pleine. Tout ébloui encore par la lumière du dehors, Tiennot resta un moment planté près de la porte, ses chaussures aux mains. Sous ses pieds, le plancher était frais après la brûlure du chemin. La tête inclinée à gauche, la bouche entrouverte, il semblait destiné à demeurer là toujours, raide dans ce costume trop étroit. Il avait ouvert le bouton de son col blanc trempé de sueur, et le nœud desserré de sa cravate noire était sur le côté droit. Il regardait tout ce monde sans voir personne.

Arthur, qui s'était avancé, revint le chercher.

– Viens, on va se rafraîchir un petit peu.

Tiennot suivit. Son œil s'habituait à la pénombre et découvrait des visages connus. Arthur l'entraîna jusqu'à une table où se trouvaient déjà installés Émile Vignard maire du village, Joseph Gourdy le forgeron et un retraité des postes, M. Lemonnier. Tiennot prit place sur une chaise, en face d'Arthur qui lui dit :

– Pose tes souliers sous la banquette, qu'on te les esquinte pas.

Il glissa ses chaussures derrière les pieds d'Arthur et il s'accouda à la table, comme faisait son père lorsqu'il venait au café. Tout ce monde parlait haut. Dehors, sur la place que l'on apercevait à travers les stores, des voitures manœuvraient pour reprendre la route. Tiennot essayait de regarder aussi bien les consommateurs que les voitures, tout en surveillant ses chaussures.

14

– Te fais pas de souci, lui dit Arthur, personne ne viendra te les prendre là.

Flavien avait quitté sa veste et sa cravate. Sa femme avait passé un tablier rose sur son tailleur noir. Ils servaient, circulant entre les tables et parlant à tout le monde. Il y eut un long moment de vacarme et de mouvement intense. Tiennot essayait d'observer et d'écouter, mais il finit par poser son menton dans ses mains, et, les yeux baissés, il regarda la bière dans son verre.

– Ça va pas ? demanda Arthur.

– Que si... Mais tout ce remuement, j'ai pas l'habitude, moi !

À leur table, on parlait de la sécheresse. Le maire disait qu'on ne risquait pas de manquer d'eau, mais que certains villages n'en avaient plus guère.

Peu à peu, la salle se vida et le bruit s'éteignit. Bien des gens, avant de sortir, venaient serrer la main de Tiennot et des autres. Ils répétaient presque tous que c'était triste, mais qu'il fallait bien partir un jour. Et puis, à cet âge-là, s'en aller sans souffrance, c'était une belle mort.

Tiennot serrait les mains, penchait un peu plus la tête à gauche et répétait :

– Bien sûr, que c'est une belle mort, pour un homme aussi allant.

Quand il ne resta plus que leur tablée, le cafetier apporta un verre de bière pour lui et vint s'asseoir à côté de Tiennot. Tout de suite, il dit :

– Mon pauvre petit, te voilà tout seul, à présent.

Tiennot n'eut pas le temps de répondre. Arthur intervint en répétant qu'il pouvait revenir chez eux et que la Berthe ne demandait pas mieux, et il ajouta :

– Tout le temps que son père était en Allemagne, il est bien resté chez nous. Et il n'était pas mal.

– Je veux pas laisser la maison, dit Tiennot. Et les bêtes, qu'est-ce que je ferais des bêtes ?

– Tes bêtes, tu t'en occuperas. Mais tu peux toujours venir manger et loger avec nous.

Tiennot faisait non de la tête. Son front se plissait. Son regard craintif allait de l'un à l'autre.

Tous parlaient, chacun donnant son avis, et dès qu'il y eut un silence, d'une voix presque agressive, Tiennot lança :

– Qui c'est qui peut m'empêcher de rester dans l'île ? Hein ? Qui c'est ? L'île, elle a toujours été aux Biard !

Le maire se récria :

– Mais il n'est pas question de ça. Personne n'a jamais eu l'idée de te prendre ton île. Tu en es le propriétaire. Personne ne peut le contester. Tu es peut-être le seul qui ne risque pas d'avoir des problèmes de bornage. Il n'y a que la Loue qui puisse te prendre de la terre. Mais elle te donnera en aval ce qu'elle te prendra en amont. Elle a toujours fait comme ça. Nous autres, on te dit simplement qu'un homme tout seul, c'est jamais drôle.

– Je sais tout faire, moi... Le père m'a appris... Les derniers temps, il ne faisait pas tellement... Faut pas croire !

– Au fond, observa le cafetier, il a raison de vouloir rester chez lui ; seulement faudrait qu'il trouve une femme.

Le visage de Tiennot s'empourpra. Il baissa la tête. De grosses gouttes de sueur roulèrent sur son front et ses tempes. Ses mains posées sur le marbre de la table se mirent à trembler, puis elles se rapprochèrent lentement comme deux bêtes méfiantes, avant de s'empoigner l'une l'autre dans une espèce de combat presque immobile.

M. Lemonnier s'adressa au cafetier d'une voix sèche :

– Je trouve que ce n'est pas tellement le jour de plaisanter.

– Je ne plaisante pas, monsieur Lemonnier. Je ne vois pas pourquoi il ne prendrait pas une femme. À trente-cinq ans, ça n'a rien de scandaleux.

Tiennot remua sur sa chaise et demanda :

– Combien je dois ?

Personne ne sembla l'entendre. Ils s'étaient remis à parler tous en même temps et Tiennot ne pouvait plus suivre. Il remua encore et dit plus fort :

– Faut que je rentre, à cause des bêtes... Combien je dois ?

Il tira de la poche de son pantalon un vieux porte-monnaie de cuir jaune, et, d'une main qui tremblait encore, il fit coulisser la fermeture.

– Laisse ça, dit le maire.

– Tu as bien le temps, dit le cafetier. On va en reboire une.

– Non, faut que je rentre... À cause des bêtes.

Il se leva, remit son porte-monnaie dans sa poche et reprit ses chaussures. Les autres se levèrent aussi et le maire dit à Tiennot qu'il était à sa disposition pour tout ce qu'il pourrait avoir à régler.

– Y a rien à régler, fit Tiennot.

Le maire eut un geste las, puis, se tournant vers Arthur, il dit :

– Enfin, tu me tiendras au courant.

Ils sortirent. Le maire et le forgeron partirent vers la droite tandis que l'ancien postier traversait la place. Tiennot les regarda s'éloigner, l'air soupçonneux. Quand ils eurent disparu, il demanda :

– Qu'est-ce qu'il veut tant régler, le maire ?

– Mais je ne sais pas, moi, dit Arthur Poussot. Après un décès, il y a toujours des formalités.

– Qu'est-ce qu'ils ont tous après moi, je peux tout de même me débrouiller, non !

Ils avaient déjà fait une dizaine de pas lorsque Tiennot s'arrêta.

– Bon Dieu, fit-il. Les médailles !

– Elles doivent être au café, ils avaient dit qu'ils les laisseraient. Tu les prendras plus tard.

– Non. J'y vais. Je veux pas les laisser traîner.

Il y eut une hésitation. Arthur semblait vouloir continuer son chemin, mais Tiennot le regarda d'un œil implorant et demanda :

– Viens avec moi.

Très bas, sans remuer les lèvres, le vieil homme murmura :

– Pauvre gars.

Ils regagnèrent le café où la patronne essuyait les tables.

– Il voudrait récupérer les médailles, dit Arthur.

– Fermez la porte, le chaud va entrer et les mouches aussi, fit-elle.

La patronne était une longue femme sèche au visage osseux. Elle tira de dessous le comptoir un carton à chaussures.

– Flavien les avait mises là, avec nos clefs de jardin, elles voulaient pas se perdre.

Elle prit sept décorations qu'elle posa à même le métal chromé. Elle eut un petit ricanement et regarda Tiennot en disant :

– T'as rien pour les mettre ?

– Non.

Elle plongea de nouveau sous sa banque et en tira un journal qu'elle étala. Elle y mit les médailles en vrac et sans précautions, puis elle replia le journal pour en faire un paquet qu'elle tendit à Tiennot.

– Tiens-le sous ton bras, que ça s'ouvre pas.

Tiennot posa ses chaussures sur le comptoir, coinça le paquet sous son aisselle gauche et reprit ses deux souliers de la main droite.

– Merci, dit Arthur.

Et Tiennot répéta, comme à regret :

– Merci.

Ils sortirent et reprirent leur route. Ayant fait quelques pas, Tiennot grogna :

– Ils auraient eu dans l'idée de les garder, que ça m'étonnerait pas.

– Que veux-tu qu'ils en fassent ?

– On sait pas... Mais elle a foutu ça comme des pommes de terre.

– Tu te formalises pour des riens.

Le village était désert, tous les volets clos. L'ombre étroite des maisons se ramassait au pied des façades. Après un temps, Tiennot lança :

– Le père les aimait pas. Il disait : « En voilà qui sont trop près de leurs sous... » Et puis le Flavien, avec ses histoires de me faire prendre une femme...

– Il dit ça sans penser à mal... Faut pas prêter attention.

Tiennot se redressa un peu. Son regard se fit plus dur, avec quelque chose de fier et de méprisant.

– Oh ! faut pas croire, fit-il. Je comprends des choses. Et plus qu'ils croient, encore !

Ils étaient arrivés devant la maison des Poussot qui est la dernière du village, sur la droite en allant vers la rivière. Arthur s'arrêta et dit :

– Entre un moment.

– Non. J'ai les bêtes.

– Mais tu as tout ton temps.

18

– Non... Je veux aller... J'ai les bêtes... Il faut que j'arrose.

– C'est bien, je vais me changer. J'irai te voir sur le soir. Et tu viendras manger la soupe avec nous.

Tiennot continua seul. Il avait repris son pas plus allongé, et son grand corps se balançait de droite à gauche dans le sentier bordé de ronciers et de frênes qui descend vers la Loue.

3

Tiennot allongeait le pas, mais sa démarche demeurait encore anormale en raison du paquet qu'il tenait serré sous son bras gauche replié, la main crispée sur le journal.

Il descendit jusqu'à la rive que prolongeait un large banc de galets découvert par les basses eaux. Les pierres rondes étaient blanches sous le soleil. L'eau était immobile avec seulement un frémissement vers le milieu où passait ce qui avait encore la force de courir. Les peupliers trembles et les saules têtards de l'île aux Biard s'y reflétaient, alourdis de soleil. En aval, on entendait à peine pleurer le barrage dont la levée de pierre émergeait sur plus des trois quarts de sa longueur.

Une grosse barque attendait, le nez sur la gravière. Tiennot posa ses souliers sur le plancher, puis, avec beaucoup de soin, le journal contenant les médailles. Comme le papier s'entrouvrait, il le maintint avec un galet. Il retroussa le bas de son pantalon, poussa la barque au large et entra dans l'eau jusqu'à mi-mollets pour monter à bord. Debout à la pointe, il empoigna la perche de saule écorcé et fit virer en direction de l'île. Les vagues soulevées brouillèrent les reflets. Tiennot regarda le mauvais escalier de rondins et de planches usées où il allait accoster, et il dit :

– Tu vois, ça continue à baisser.

Dominant l'étiage de près de deux mètres, la rive était assez abrupte. Nue jusqu'aux trois quarts de sa hauteur, elle montrait comme une plaie desséchée un entrelacs de racines blanchâtres pareilles à des doigts crispés retenant la terre et les roches à poignées. Des coulées de sable plus blond s'évasaient vers le bas. Au-dessus de la ligne marquant le niveau habituel des eaux, une végétation assez dense de ronces et de vorges commençait à se faner, percée çà et là de longues tiges déjà jaunes.

Tiennot passa deux fois la chaîne du bateau derrière un piquet, puis monta l'escalier de bois dont chaque marche couinait. Il tenait serrés contre sa poitrine ses chaussures vernies et le paquet contenant les médailles.

La maison se trouvait au centre de l'île, séparée du bord par une cour en pente douce dont la terre piétinée ressemblait à une dalle inégale de ciment fendillé. Sur la droite, à l'ombre d'une épaisse touffe de sureau, une dizaine de canards de Barbarie étaient assemblés en cercle, le ventre dans la poussière. Ils grommelèrent à peine et tendirent le col sans se déplacer. Tiennot les regarda et sourit en leur lançant :

– Comme dirait le père : « Voilà que vous faites l'académie. »

La maison était une bâtisse de briques brunes montées au mortier maigre entre des piliers de bois que les années et l'humidité avaient noircis. Le toit de tuiles moussues ne comportait ni gouttières ni chéneau. Sur la façade, s'ouvraient deux fenêtres basses sans volets encadrant une porte pleine. L'accès au grenier à foin était en haut du pignon donnant à l'ouest, une ouverture où s'appuyait une grosse échelle tordue en hélice dont un pied reposait sur un moellon. Contre l'autre pignon, s'adossait un appentis couvert de tôles ondulées posées sur des murs de rondins, de fagots et de grillage.

Comme Tiennot se dirigeait vers la porte, des coups sourds partirent de l'appentis. Tiennot eut un ricanement et poussa une espèce de cri guttural suivi d'un chapelet de mots curieusement articulés et prolongés à la manière d'un hennissement :

– Brrrou !... Ouais la Miaule !... Ouais ouais la Miaule ! Drrrie, on ira on ira ! Drrrie !

Il entra dans la pièce où une table était devant la fenêtre ainsi que deux chaises paillées. À droite, une cheminée où le feu se faisait sur une paire de chenets en fer très anciens posés à même le sol de briques usées et noircies. À côté, une petite cuisinière à trois trous, haut perchée sur des pattes

20

grêles et galbées. Un tuyau en sortait qui se coudait deux fois pour se glisser sous le manteau de la cheminée. Le fond de la pièce tenu dans la pénombre était occupé par deux lits de bois que séparait une table de nuit à dessus de marbre. Dans un angle, une maie sur laquelle étaient encore un bougeoir de cuivre et une assiette blanche avec un rameau de buis.

Tiennot glissa ses chaussures sous le lit de gauche, puis, revenant à la table, il posa le paquet sur la toile cirée aux carreaux décolorés après y avoir soigneusement passé le revers de sa main.

– Faudrait que je commence par ça, fit-il... La Miaule, t'attendras, mon vieux... Et d'abord, me changer.

Il allait se diriger vers l'autre pièce lorsqu'il remarqua l'assiette sur la maie.

– Et puis y a ça, aussi... Faut y ranger tout de suite.

Il alla prendre l'assiette et le rameau avec beaucoup de précautions.

– Y a même plus une goutte d'eau bénite...

Planté au milieu de la pièce il regardait tout autour de lui, embarrassé, cherchant un endroit où ranger l'assiette. Il finit par ouvrir un placard mural et par poser l'ustensile et le rameau sur le plus haut rayon.

– Toi, je te chercherai une autre place... Mieux que ça... C'est sûr... Et à présent, me changer.

Il gagna l'autre pièce où la lumière n'entrait que tamisée par une toile à sac aux mailles très lâches tendue dans l'embrasure de la fenêtre. Il faisait frais dans ce débarras, où une odeur de mauvaise cave montait du sol en terre battue. L'espace était restreint entre deux armoires anciennes, un lit de fer démonté, un sommier dressé contre le mur, des caisses empilées, des sacs pleins posés sur un caillebotis de branches, un collier de cheval, le cadre d'un vélo de femme tordu et noirci par le feu, des outils de bûcheron, deux petits fûts et bien d'autres objets. Tiennot enleva son costume qu'il suspendit à un cintre et l'accrocha dans l'une des armoires où se trouvaient d'autres vêtements. Il étendit sa chemise blanche sur le dossier d'une chaise de rotin et en passa une grise à chevrons beiges reprisée aux épaules et rapiécée de blanc au milieu du dos. Il enfila un pantalon de toile bleue presque neuf mais sale aux genoux et aux hanches. Il parut réfléchir un moment en contemplant l'angle où se trouvaient les sacs, puis il regagna la première pièce où il se planta devant la table, l'œil rivé sur le journal toujours plié. De temps à autre, le silence était troublé par le caquetage d'une poule ou le cri d'un oiseau. Les mouches tourbillonnaient autour de l'ampoule et de l'abat-jour émaillé qui pendaient au-dessus de la table.

– Tout de même, c'est quelque chose... Sûr... qu'il aurait pas aimé que je les laisse au bistrot.

Son front se plissa soudain. Sa voix se fit plus dure et son débit plus saccadé lorsqu'il reprit après un temps :

– Elle a foutu ça si vite, j'ai même pas pu les compter... Bon Dieu, des fois qu'il en manquerait... Ferait beau voir !

La colère tirait ses traits. Il se hâta de déplier le journal et d'étaler les décorations sur la toile cirée où son large pouce aplatissait soigneusement les rubans. Il y en avait sept qu'il compta deux fois. Rassuré, il demeurait cependant irrité. D'un geste rageur, il froissa le journal qu'il jeta entre les chenets en grognant :

– Saloperie de bonne femme. Je sais bien qu'il l'aimait pas, le père... Sûr qu'il l'aimait pas. Et à moi, il se gênait pas de le dire... Sûr que non !

Il prit sur le rebord de la fenêtre un gros briquet de cuivre et mit le feu au journal qu'il regarda brûler. Tout le temps que les flammes dansèrent en filant vers le conduit noir de suie, Tiennot demeura accroupi, comme fasciné par le feu dont la lueur dansait sur son visage. La colère qui tirait ses traits se dissipa lentement, et lorsqu'il se releva, il y avait presque un sourire dans son regard toujours un peu vide.

Il soupira profondément, puis alla décrocher du mur un vieux calendrier des postes et vint s'asseoir à la table. Il entreprit d'épingler les médailles au carton où la lumière avait dessiné chaque place. Il commença par la plus longue, dont le ruban vert et rouge portait cinq palmes de bronze.

– Ça, c'est sa croix de guerre de 14-18, dit-il. Cinq citations, sûr que c'est quelque chose, tout de même.

Ses gros doigts maladroits aux ongles noirs et spatulés tremblaient un peu. Il avait du mal à faire entrer les pointes de métal rouillé dans les anciens trous. À chaque pièce épinglée, il redressait le buste, inclinait davantage la tête sur son épaule gauche et regardait, satisfait de sa besogne.

Chaque fois, il prononçait lentement le nom de la médaille, et, lorsqu'il fut arrivé à la dernière dont le ruban était à rayures noires et rouges, il répéta :

– Médaille de la Résistance... Médaille de la Résistance.

Enfin, lorsqu'il eut terminé et lissé encore une fois du pouce tous les rubans alignés, il se leva et remit le carton à sa place, à droite de la fenêtre.

– Tout de même, fit-il, faut que je demande à la Berthe... Le curé, je l'ai pas entendu dire ça... Et le père, c'est bien souvent qu'il jurait pour des riens.

Il sortit pour gagner l'appentis où il détacha le mulet qui se mit à souffler de plaisir.

– Vins donc ma Miaule... Te voilà bien pressé. Vins donc boire un coup.

Il prit la bête par le licou et se dirigea vers l'aval où le sol de l'île s'en allait en pente douce pour finir par une plage de sable et de petits galets où dormait l'eau claire de la retenue. Sans remonter son pantalon, il entra dans la Loue avec le mulet qui se mit à boire longuement.

– Comme disait le père : « Bois pas tant, tu vas encore nous faire baisser le niveau... » Le père, tu le verras plus, mon vieux. Y va te falloir travailler rien qu'avec moi... Mais ça veut bien aller, nous deux ! Hein la Miaule, que ça va aller ?

L'animal levait de temps en temps la tête et se tournait en direction de Tiennot pour l'écouter. Ses oreilles grises pivotaient, s'inclinaient vers l'avant ou l'arrière, puis s'ouvraient toutes grandes lorsqu'il se remettait à boire. Tiennot réfléchit un moment avant de dire :

– Va bien falloir aussi que tu fasses une partie de mon travail. La petite charrue du jardin, faudra que tu la tires aussi, mon vieux. Je sais pas comment on va s'y prendre. Faudra laisser de chaque bout la place pour te faire tourner... Mais tu feras... Et je finirai à la bêche... Voilà tout.

Lorsqu'il eut reconduit le mulet à sa place, il descendit du foin, lui en donna, puis fit la distribution pour les lapins. Il leur expliqua :

– C'est pas de saison, mais avec l'enterrement, ça m'a pris mon temps... C'est pas ce soir que j'irai vous chercher du vert. Faut encore que j'arrose. Et avec les eaux basses, si vous croyez que c'est facile, tiens !

23

Il parlait à chaque bête. À une lapine qui tapait de la patte sur le plancher de sa cage, il dit :

– Toi, tu demandes le mâle... C'est pas le jour... Et puis ça fait tard la saison... Trop tard, ça fait jamais rien de bon... Le père aurait pas aimé ça.

Il lança quelques poignées de grains à ses poules et leur coupa des salades montées.

– Si le chaud continue, tout finira par crever.

Aux plants de tomates, il dit :

– Vous avez soif, hein !... Je vois bien que vous baissez la tête. On va vous en donner. Mais faut aller la chercher. Ça paraît pas, mais c'est pas rien.

Il empoigna ses deux arrosoirs et commença la corvée. Le jardin, tout en longueur, occupait le centre de l'île, en amont de la maison.

Tiennot allait de son pas régulier, sans hâte, mais sans jamais s'arrêter. Il descendait, s'accroupissait sur la dernière marche, se tenait de la main gauche à un piquet, puisait de la droite, remontait l'escalier, traversait la cour en diagonale, arrosait, revenait, puisait de nouveau et repartait. Il semblait que son grand corps épais ignorât la fatigue. Simplement, de temps à autre, avant de reprendre ses arrosoirs, il passait son avant-bras droit sur son visage en sueur. Mais c'était un geste qui faisait partie du travail, exactement comme les mots qu'il prononçait. Car tout ce qui lui venait à l'idée, il le disait, et, sans même s'en rendre compte, c'était la plupart du temps à son père qu'il continuait de s'adresser.

Lentement, la lumière déclinait. Les ombres s'étiraient, et des nuées de moustiques envahissaient le soir bleu et or.

4

Arthur Poussot était venu rejoindre Tiennot alors qu'il finissait son arrosage. Il avait appelé de la rive et le garçon était allé le chercher avec la barque. Ils étaient restés un moment dans le jardin où Arthur avait donné quelques conseils, puis ils avaient regagné le village. Le soleil couché derrière la forêt de Rahon éclairait encore le ciel nu. La lueur du soir entrait dans la cuisine des Poussot où trois couverts étaient mis au bout d'une longue table recouverte d'une toile cirée blanche à carreaux rouges et jaunes.

– Il a arrosé tout son jardin, dit Arthur en entrant. Il a sûrement très faim.

– Il y a de quoi lui caler l'estomac, dit Berthe en souriant.

– Arroser, dit Tiennot, je l'ai toujours fait.

Les deux hommes prirent place côte à côte. Berthe apporta sur la table un fait-tout fumant et s'assit en face d'eux.

– Si tu n'avais pas tant grandi, fit-elle, de te voir ici, sans ton pauvre père, ça me reporterait vingt-cinq ans en arrière.

Tiennot fit des yeux le tour de la pièce, puis il observa Berthe, tassée sur sa chaise, courte et ronde, le visage épais et la lèvre supérieure assombrie par un duvet noir.

– Sûr que ça m'est jamais sorti de la tête, dit-il. Et le père en parlait toujours. Et puis, avec le père, on restait jamais plus de deux jours sans entrer. Seulement, lui, y viendra plus.

– Il a retrouvé ta pauvre maman, à l'heure qu'il est. Il ne se sentira pas tout seul, tu sais.

Tiennot réfléchit un moment, puis demanda des éclaircissements sur les paroles prononcées par le prêtre durant la cérémonie. Berthe confirma ce qu'avait dit Arthur et ajouta :

– Tu as bien entendu qu'il parlait de ta pauvre maman ?

– Sûr que j'ai entendu.

– Eh bien, il a dit que ton père aussi avait eu une conduite héroïque. Et ça signifie qu'ils trouveront le même repos dans l'autre monde.

Et les deux vieux évoquèrent une fois de plus cette nuit d'octobre durant laquelle les Allemands avaient tué la mère de Tiennot.

– Maligne comme elle était, ta pauvre mère, dit Arthur, il avait fallu qu'elle soit dénoncée pour qu'ils arrivent à la surprendre.

– C'est sûr, approuva Tiennot. Le père le disait.

– Oui, je sais. Et il aurait bien aimé mettre la main sur le salaud qui les avait vendus. Mais il sera parti sans avoir eu ce plaisir. Et si ça se trouve, le salaud, il était à l'enterrement tout à l'heure.

– Ne dis donc pas des choses pareilles ! lança la Berthe.

Arthur se tut, les poings serrés posés sur la table. Après un long moment durant lequel Tiennot les regarda l'un et l'autre d'un œil inquiet, Berthe dit :

– Tout de même, quand on repense à ce temps...

Et ils se remirent à parler sans colère des années où la ligne de démarcation suivait le cours de la Loue. Ils parlèrent aussi des tortures que le père Biard avait subies, des années que Tiennot avait passées chez eux après le drame qui s'était terminé par l'incendie de la maison de l'île. Et là, comme chaque fois, Tiennot se mit à grogner :

– Bon Dieu, le feu, ça, je le revois comme si c'était hier. Ce qui me sortira jamais de la tête, c'est les coups de mitraillette... Et les lapins... Bon Dieu, les lapins qui brûlaient en cavalant... Fallait les voir... Et qui se foutaient à la flotte !...

Ils mangèrent la soupe aux pâtes, puis des haricots verts avec un reste de viande. Tiennot mâchait lentement, la bouche ouverte, s'arrêtant souvent pour écouter Arthur qui racontait le retour du père et la reconstruction de la maison.

– Les gens disaient : « Il est fou de reconstruire sa maison sur l'île. Il devrait en profiter pour s'installer au pays. Il aurait toutes les facilités. Le terrain gratis et une indemnité. » Mais va te faire foutre. Ton père, quand il avait dans l'idée de faire blanc, bien malin qui lui aurait fait faire rouge ou bleu. L'île, c'était toute sa vie. C'était seulement là qu'il se sentait chez lui. Il disait : « Je la quitterai que les pieds devant. » Et c'est bien ce qui est arrivé.

Tiennot buvait les paroles du vieux. À chaque silence, il soufflait :

– Le père, y savait des choses !

Et son regard soulignait toute l'admiration qu'il mettait dans ces quelques mots.

Par moments, lorsqu'il ne saisissait pas bien le sens d'un propos, son front se plissait, sa tête s'inclinait à gauche et ses lèvres s'arrondissaient comme pour former un son qu'il devait retenir au dernier instant.

Berthe venait d'allumer la lampe et apportait le fromage sur la table lorsque Tiennot demanda :

– La nuit, à cette profondeur, ça doit pas être froid ?

26

Les deux vieux se regardèrent et Berthe demanda :

– Tu veux parler de la terre ?

– C'est sûr. De quoi je voudrais parler ?

– Tu sais, observa Arthur, quand on est mort...

Mais sa femme l'interrompit :

– Il a raison, fit-elle. À pareille profondeur, on doit jamais sentir le froid.

Tiennot parut rassuré. Il demeura un long moment le regard perdu, un sourire heureux avec sa langue dépassant un peu le bord des lèvres. Insensiblement, sa tête s'inclinait vers la gauche. Sa joue touchait presque son épaule lorsqu'il se redressa soudain tandis que son œil s'assombrissait.

– Un cercueil comme voilà le sien, fit-il, ça doit être comme une bonne barque ; ça fait jamais eau.

– Bien sûr que non, affirma Arthur. Du chêne pareil, c'est fait pour tenir une éternité.

– C'est sûr. On en a abattu des beaux l'hiver dernier, avec le père, dans les coupes de la Louvière... Le père disait : « C'est du bois de fer. Ça vous retourne les dents du passe-partout comme de rien... » C'est vrai, il le disait.

– Est-ce que vous avez été payés, au moins ? demanda Arthur. Ton père m'en avait parlé. Il se faisait souci pour ce qu'on restait à lui devoir.

Tiennot eut un petit ricanement de tête qui contrastait avec sa charpente.

– C'est moi qui ai marqué sur le carnet, fit-il. C'est payé... Vous pouvez venir voir, c'est tout payé.

– Déjà que ton père comptait ses heures moitié des tiennes, sous prétexte qu'il était vieux. C'est une honte ! Tu tâcheras moyen de pas te faire exploiter par ceux qui te donneront de l'ouvrage.

Tiennot parut soudain effrayé. Ses lèvres s'ouvrirent plusieurs fois, il devait chercher ses mots. Enfin, il finit par articuler :

– J'irai... J'irai que chez M. Dufour.

– Mais il n'a pas de quoi t'employer bien souvent, observa Arthur.

Une fois de plus, Berthe intervint :

– Il a raison. Il n'ira que là s'il ne veut pas aller ailleurs. Tout seul, il se ferait rouler.

– Comme disait le père : « Du travail, même si on avait quatre bras, on le ferait jamais tout. »

Lorsque Berthe eut achevé de débarrasser la table, Arthur étala son journal. Il allait mettre ses lunettes lorsque Tiennot demanda :

– Celui d'hier, tu me l'as bien gardé ? Faut me le donner, hein... Faut me le donner.

– Je t'ai découpé l'article, dit Berthe en posant devant lui le quart d'une page de journal où était un portrait de son père.

Tiennot s'accouda, contempla un moment la photographie, puis, lentement, butant parfois sur un mot, il se mit à lire à voix haute :

– « C'est une belle figure de la Résistance qui vient de s'éteindre en la personne de Justin Biard, âgé de 78 ans et qui, la veille encore, vaquait à ses occupations. Héros de la guerre de 14-18, cet homme d'un dévouement et d'un courage exceptionnels avait, durant l'Occupation, accepté de faire passer la ligne de démarcation aux prisonniers évadés, aux Juifs et à bon nombre de membres des réseaux de Résistance. Son épouse, qui l'assistait courageusement dans sa tâche, devait trouver la mort tandis que lui-même, torturé et déporté dans les camps nazis, ne devait revenir qu'après la Libération, et cruellement mutilé. En effet, Justin Biard avait eu un œil crevé par ses tortionnaires. Notre journal s'associe à la douleur de ses proches et présente à son fils Étienne ses plus sincères condoléances. Les obsèques seront célébrées... »

Tiennot s'arrêta de lire et leva lentement la tête. Les autres l'observaient, une lueur de pitié dans le regard.

Il eut quelques hochements de tête, puis, avec fierté, il dit :

– Sûr que c'est quelque chose... Je sais bien ce que je vais faire. Je vais le mettre au calendrier, avec les médailles... Et comme ça, ceux qui viendront pourront le voir.

Arthur avait replié son journal, renonçant à le lire. Berthe était allée tirer les volets et fermer la fenêtre par où entraient les moustiques et les papillons de nuit. Il en tourbillonnait quelques-uns autour de l'ampoule, et, lorsqu'un gros papillon heurtait l'abat-jour de métal émaillé, il y avait un tintement et la lumière bougeait, déplaçant les reflets sur

28

la toile cirée. À plusieurs reprises, Arthur abattit sa main trapue sur la table pour tuer un insecte qu'il expédiait ensuite d'une pichenette.

Après un long silence, Tiennot, qui avait pris sa tête dans ses mains et respirait bruyamment, se redressa soudain, regarda tour à tour Arthur et Berthe, puis demanda :

– Qu'est-ce qu'il avait donc, le Flavien Cuisey, avec cette histoire ?

– Quelle histoire ? demanda Berthe.

Ce fut Arthur qui répondit :

– Il a dit à Tiennot : « Tu pourras pas rester seul. Il te faudrait une femme. » Et alors, lui, il a pris ça du mauvais côté.

Arthur se tut. Berthe avait eu un haussement d'épaules. Elle soupira, regarda Tiennot aux yeux, puis, calmement, elle expliqua :

– Mon petit, nous deux, tu sais bien que tu peux être avec nous comme tu aurais été avec tes parents... Tu le sais, mais nous ne sommes pas éternels. Arthur est de la même classe que ton père, et moi, me voilà sur mes soixante-douze... Quand nous ne serons plus là, tu te retrouveras bien seul.

– Et alors ? dit Tiennot. Je sais tout faire, moi.

– Tout, dit Arthur, oui, pour le travail. Mais tu sais bien comme sont les gens. Pour ce qui est de discuter avec eux, c'était ton père qui le faisait.

– J'ai pas besoin des gens.

Les Poussot se regardèrent avec des hochements de tête. Ils laissèrent passer un temps, puis Berthe reprit :

– Tu sais, un jour que j'étais de bavarder avec ton père, il me dit : « C'est rien de s'en aller au trou, on sait bien qu'il faut finir comme ça. Mais tout de même, je m'en irais plus tranquille si mon bonhomme n'était pas de rester tout seul... » Il me l'a dit... Tu sais, quand il t'appelait son bonhomme, c'était son mot de câlinerie, à lui... Sûr qu'il aurait eu de la joie à te sentir marié avant de s'en aller.

Obstiné, Tiennot dit encore :

– J'ai besoin de personne, je sais tout faire... Et puis l'autre, de quoi il se mêle ? C'est pas ses affaires !

– Tu as tort de le juger mal, observa Arthur. Il est peut-être maladroit, mais il n'a pas dit ça en pensant à mal... Enfin, c'est bien sûr pas le jour d'en parler... Tu as tout ton temps.

Tiennot soupira. Il se redressa un peu, fit quelques grimaces, posa ses grosses mains à plat sur la table et se leva lentement.

– C'est pas tout ça, dit-il. Demain, j'ai de quoi m'occuper... Comme disait le père, faudrait quatre bras.

Berthe se leva également et, le regardant s'éloigner vers la porte, elle dit :

– Une femme, ça a deux bras aussi, tu sais.

Tiennot ne répondit pas. Sans se retourner, il dit bonsoir et merci pour la soupe, puis il ouvrit la porte sur la nuit. Comme il sortait, tout bas, Berthe murmura :

– Mon Dieu, pauvre petit. Qui donc voudrait de lui ?

5

La nuit était claire et la lune toute ronde avait déjà dépassé les arbres. Elle allongeait des ombres dures sur la terre qui paraissait moins desséchée. Des poissons nombreux venaient moucher à la surface de la Loue. Quand Tiennot poussa la barque, le mulet entendit rouler les galets. Il s'ébroua et fit tinter la boucle de son licou. Tiennot lança son cri :

– Brrrou ! Ouais la Miaule ! Drrie !

Dans le silence de la nuit, l'eau et l'écho portèrent loin cet appel qui semblait le hurlement d'une bête apeurée.

En quelques coups de perche, Tiennot eut traversé. Il resta un moment sous l'appentis à caresser la bête et à lui parler. Il lui raconta ce qu'il avait mangé chez les Poussot, et aussi ce qu'on lui avait dit.

Entre les brindilles des fagots qui fermaient cette remise de fortune, de minces rais de lune coulaient.

– Une femme, qu'ils disent... Qu'est-ce qu'il penserait, le père ?... Savoir !... Elle ferait quoi ? La cuisine. Le jardin un peu. Et encore... Faudrait voir ce que ça serait.... Et coucher où donc, dans le lit du père, peut-être ?

Dans sa cage de bois, la grosse lapine grise continuait de tambouriner de la patte. Au-dessus d'elle, un mâle d'un an tournait en rond, heurtant tour à tour les planches et le grillage.

– Vous n'allez pas tout me ravager, hein ? Comme disait le père : « Ça vous travaille. »

Il réfléchit un moment, debout devant les cages, puis il sortit sur l'aire et demeura longtemps à écouter la nuit.

La chaleur qui montait du sol faisait bruire doucement le feuillage des peupliers. Du côté du village, une effraie lança plusieurs fois son long appel aigu et tremblé qui semblait rouler jusqu'à la forêt. Plus près, dans les arbres qui bordent la Loue en aval et en amont, quatre ou cinq chevêches répétaient inlassablement leur glou régulier. Comme les lapins reprenaient leur sarabande sonore, Tiennot grogna :

– Sûr que ça les travaille... Le père le dirait. Mais c'est pas la saison.

Il fit quelques pas, puis, s'arrêtant soudain, il dit :

– Y a bien ça aussi, avec les femmes... Sûrement, c'est mieux que tout seul... On le dit... Faut bien croire.

Il se gratta la tête très fort, ébouriffant ses cheveux noirs, et il fut secoué d'un rire pareil à un gloussement de poule. Il frotta l'une contre l'autre ses mains râpeuses. Serrant ses coudes contre ses côtes, il se courbait en avant, les pieds agités d'une danse qui les soulevait à peine. Entre ses éclats de rire, il grognait :

– Bon Dieu de bon Dieu... Des fesses... Et des nichons. Des gros nichons comme la Marie Durieux.

À présent, l'envie le travaillait au bas-ventre. Il se mit à trembler, les dents serrées en disant :

– Et qu'est-ce qu'il aurait à redire, le père ? Rien... Sûr qu'il dirait rien... Rien de rien !

Ses mains se séparèrent pour se mettre à pétrir dans l'espace des rondeurs imaginaires.

– La Denise Pucheu... Oui. Mais elle voudrait pas... Trop fière qu'elle est... Et puis, habituée à la grosse galette, alors, venir ici, avec la maison qu'ils ont... Sûrement pas.

Il alla jusqu'en haut de l'embarcadère et, descendant deux marches, il s'assit lentement.

– Voilà que je vais me faire des idées... C'est l'autre du café, aussi. Il est cause de tout, celui-là. C'est pas ses affaires... Une qui viendrait ici, en admettant. Est-ce qu'elle voudrait faire tout comme le père m'a montré ?... Peut-être

31

qu'elle aurait des façons à elle... Pour le jardin, je tirerais la petite charrue, comme avec le père, mais est-ce qu'elle saurait mener ? Elle me ferait ça tout de travers. Ça ressemblerait à rien de bon.

Il énuméra les travaux qu'une femme devrait pouvoir mener à bien pour tenir sa place dans l'île aux Biard. Et tout cela faisait beaucoup. Il le disait. Il le répétait :

– Jamais ça irait comme le père voudrait. Et il faudrait tout le temps se chamailler.

Il se leva et gagna lentement la maison. Dans sa cage, la grosse lapine grise battait toujours. Un coup très fort, puis une succession de petits coups frénétiques comme un roulement sourd de tambour.

– Le père dirait : « T'as entendu ? Elle fait comme le vieux Léopold. Celui de la Forêt de Chaux qu'on appelle Café Froid. Y va battre du tambour dans la clairière. » Le vieux Léopold, je l'ai vu, moi, avec le père.

Il rit un moment, heureux de ce souvenir, puis il répéta que, le lendemain, il aurait de quoi se faire les bras.

Il regagna la maison et alluma la lampe pour choisir une épingle sur la pelote en forme de cœur accrochée à l'huisserie de la fenêtre. Sans déplacer le calendrier, il épingla au bas du carton l'article de journal qu'il avait rapporté. Il contempla un bon moment ce tableau en répétant le titre.

– Mort d'un héros des deux guerres.

Il eut ensuite quelques hochements de tête et dit encore :

– Sûr qué c'est quelque chose !

Il alla s'asseoir sur le bord de son lit et regarda longuement celui où son père avait été allongé après sa mort, et qui n'était séparé du sien que par la largeur de la table de chevet à dessus de marbre sombre.

Il se déshabilla lentement, alla éteindre la lumière et ouvrir la fenêtre sur la nuit, puis il vint se coucher.

Allongé sur le dos, la tête appuyée contre le bois de lit, il regardait les arbres de la rive. Il demeura un long moment ainsi, puis sa tête versa à gauche sur le traversin, ses lèvres remuèrent. Il murmura :

– Qu'est-ce qu'il dirait, le père ? Qu'est-ce qu'il dirait ?

Ses lèvres restèrent entrouvertes, son souffle se fit rauque et régulier, un peu de salive coula sur son menton.

6

Le lendemain matin, Tiennot fut tiré de son sommeil par une voix qui appelait devant sa fenêtre ouverte.

– Oh ! Tiennot ! T'es par là ?

Il se dressa sur son lit. Le grand jour entrait dans la pièce. Il sauta de son lit, empoigna son pantalon et manqua tomber en l'enfilant. Il grognait :

– Bon Dieu. Bon Dieu, qu'est-ce que c'est ?

Il regarda le lit du père pas défait. S'immobilisa. Se passa la main sur la nuque. Et, comme saisi, il constata :

– Le père... Il est plus là.

Le réveil bleu posé sur la cheminée indiquait 8 h 10. Il le prit, écouta le mouvement. Regarda encore les aiguilles.

– Ah ! Bon Dieu... C'est pas possible.

Ses mains tremblaient. Ses gestes étaient désordonnés, saccadés. Il faisait un pas à gauche, un à droite, empoignait sa chemise, la reposait.

Du côté du jardin, la voix reprit :

– Oh ! Tiennot ! T'es par là ?

Torse nu, sa chemise à la main, il sortit en criant :

– Je suis là !

Joseph Gondry apparut à l'angle de la maison et s'avança. Il regarda Tiennot et comprit tout de suite. Il se mit à rire et dit :

– Tu t'es oublié. Tu roupillais encore !

Pris de honte, Tiennot lâcha sa chemise et enfouit sa grosse face dans ses paumes. D'une petite voix de tête toute secouée de sanglots, il se mit à se lamenter.

– Bon Dieu de bon Dieu de bon Dieu... Mais qu'est-ce que j'ai fait... Qu'est-ce qu'y dirait, le père... Qu'on était toujours debout à 4 heures... Bon Dieu et mes bêtes.

Joseph était un homme d'une cinquantaine d'années. Beaucoup plus petit que Tiennot, il était large et épais. Brun de visage et noir de poil avec quelques fils blancs. Un regard aigu sous d'énormes sourcils. Ses grosses pattes de forgeron toutes couturées empoignèrent les poignets de Tiennot. Doucement, il l'obligea à montrer son visage. Des larmes coulaient sur les joues du garçon. Joseph se mit à rire.

33

– Mais allons, tu es fou... Tu t'es oublié, et alors ? Qu'est-ce que ça fait ? Tes bêtes, elles vont pas en crever.

– C'était toujours le père qui me réveillait... Mais comment j' vais faire... Si j' peux pas me réveiller ?

Il était planté là, les mains pendantes, un peu voûté, le corps secoué de sanglots.

Avec beaucoup de douceur, le forgeron dit :

– Allons, enfile ta chemise... Viens.

Il l'entraîna vers la maison en expliquant qu'il avait appelé de la rive pour que Tiennot vienne le chercher. Puis, n'ayant pas obtenu de réponse, il était allé traverser sur la levée du barrage pour gagner l'île par la rive droite. Il dit en riant :

– Avec le sec, l'île aux Biard, c'est plus une île.

Tiennot s'était laissé tomber sur une chaise. Il demeurait hébété. Chaque fois que le forgeron marquait une pause, machinalement, il répétait les derniers mots qu'il venait de prononcer :

– C'est plus une île.

Joseph Gondry l'observait avec pitié. Après un silence, montrant la cheminée, il dit :

– T'as pourtant bien un réveil ?

– Un réveil ?...

– Oui, il faut le faire sonner.

– Le faire sonner.

Tiennot se redressa un peu, fixa un moment le cadran, puis tristement, il dit :

– Y marque l'heure, mais y sonne plus. Le père, il avait pas besoin de ça pour être debout à 4 heures.

– Tu le donneras à réparer. C'est rien du tout.

Le forgeron lui conseilla de se débarbouiller, et Tiennot alla puiser un seau à la rivière. Il se frotta le visage en s'ébrouant, puis il vint s'essuyer au torchon sale qui pendait à côté de l'évier de pierre. Le torchon répandait une odeur aigre.

– Tu devrais changer ton linge, conseilla Joseph. Il n'est plus guère propre.

– C'est sûr.

– Tu as du café ?

– Faudrait que j'en fasse.

– C'est bon. Je venais te chercher pour la tranchée. On en avait parlé avec ton père. Tu te souviens ?

Le front plissé, Tiennot faisait un effort pour rassembler ses idées.

– Ça, fit-il, je m' souviens... Mais j'ai les bêtes.

Un peu agacé, le forgeron se leva en disant :

– Viens. Je vais t'aider à les soigner. Ce sera vite fait... Tu prendras le jus à la maison. On ira ensemble. Allez, viens.

Tiennot eut une hésitation. Son regard fit le tour de la pièce. Il semblait avoir perdu quelque chose.

– Pour du terrassement, tu vas pas venir pieds nus.

Tiennot alla chercher ses brodequins sous son lit et les enfila sans chaussettes. Ses gros doigts encore gourds mirent longtemps à nouer les lacets. Le forgeron réprimait des mouvements d'impatience.

– Faudrait avoir quatre bras, disait Tiennot. C'est sûr... Faudrait.

Avant de sortir, le forgeron dit :

– Prends ton réveil. En attendant qu'il soit réparé je t'en prêterai un autre.

À peu près réveillé, Tiennot obéissait. Il était comme une grosse machine lente à se mouvoir, aux commandes un peu molles, mais bonne à faire toutes les besognes pourvu qu'elles ne demandent pas trop de réflexion. Et c'était le cas de la tranchée que le forgeron avait à ouvrir pour mener une conduite d'eau de sa maison à la nouvelle forge qu'il avait bâtie au fond de sa cour. Le tracé était fait. Il n'y avait plus qu'à creuser. Ayant cassé la croûte et bu le café avec Tiennot, il le mit à l'ouvrage et regagna sa forge où le moteur des meules grogna comme une bête avant de se mettre à tourner.

Seul dans la longue cour où il faisait déjà une chaleur d'étuve, régulier comme une bielle, Tiennot attaqua le sol damé et desséché. La pioche arrachait parfois des étincelles aux silex. Et, sans jamais s'énerver, sans hausser le ton, Tiennot allait, parlant à la terre, aux pierres, aux racines de platanes qu'il devait couper ou soulever :

– Toi, tu fais la mauvaise tête, mais tu me connais pas... J'en ai vu de plus dures que toi... Tu demanderais au père, il te le dirait... Tiens, par exemple, quand on a creusé pour le maire, derrière chez lui, c'était autre chose... Du vrai béton... C'est bon, je vais pelleter. Faut se dégager à mesure... Le tout c'est de s'y prendre comme il faut... Pas s'embouteiller avec la terre piochée.

Il allait bon train, reprenant ce que son père lui avait si souvent répété. De loin en loin, il sortait de sa fouille et s'en allait jusqu'à l'angle de la maison et du mur de clôture où un litre de vin rouge était à l'ombre, dans un seau d'eau fraîche. Il buvait un demi-verre, rebouchait soigneusement le litre, posait le verre retourné sur le rebord de la fenêtre et revenait à sa tâche.

Trois ou quatre fois au cours de la matinée, le forgeron sortit de son atelier.

– Faut prendre le temps de souffler, tout de même, disait-il.

Tiennot levait la tête avec un bon sourire. Il essuyait son front d'un revers de son avant-bras et il répliquait :

– T'inquiète pas. L'ouvrage sera faite. On va son train. Pas plus et pas moins.

Le forgeron lui avait donné une pige de bois, et, de temps à autre, il mesurait la profondeur. Chaque fois, il répétait :

– C'est bon. Le fignolage se fera à la fin.

À midi, Joseph vint lui dire :

– Ça va être l'heure de la soupe. Viens, on va boire l'apéro. On l'a bien gagné. Et tu donneras ton réveil à Flavien, il te le portera réparer à Dole.

Tiennot fit une moue, hésita, mais suivit tout de même.

Au café, il n'y avait personne. Ils s'attablèrent au fond, où ils avaient bu la veille, après l'enterrement. Tiennot dit :

– Hier, à pareille heure, le père était encore chez nous.

Le cafetier sortit de sa cuisine et vint les saluer. Ils parlèrent de la chaleur, de la sécheresse et de la tranchée que Tiennot creusait. En riant, le forgeron raconta que Tiennot était resté endormi. À présent, Tiennot en riait aussi. Flavien promit de faire porter le réveil à Dole, chez le rhabilleur, puis il dit :

– Tu vois, tu aurais une femme, elle te réveillerait.

Tiennot éprouva le besoin de réfléchir un peu avant de s'étonner :

– C'est pas forcé... Pourquoi qu'elle se réveillerait mieux que moi ?...

Les autres se mirent à rire et Tiennot rit avec eux, mais peut-être pas de très bon cœur. Il demeurait soucieux.

– Les femmes, fit-il, ça peut être aussi de l'embarras.

Le cafetier lui tapota l'épaule en disant :

– Mais ça peut aussi donner de l'agrément. Au lit comme dans le ménage. Mais toi, tu ne sais pas seulement ce que c'est.

Le visage de Tiennot s'empourpra. Il bredouilla :

– Encore plutôt, tiens ! Ferait beau voir.

Mais son visage de plus en plus coloré s'était couvert de sueur. Sur la table de marbre, ses mains repliées tremblaient. Son regard fixait le verre de Pontarlier-Anis posé devant lui. Sa lèvre inférieure fut agitée de mouvements rapides, puis elle pendit plus bas, et, inclinant la tête à gauche, sans déplacer ses mains, il essuya du haut de son bras un filet de salive qui coulait sur son menton. Il semblait ne plus rien entendre, pas même le cafetier qui disait :

– Si tu te décides, dis-le-moi. Je t'aiderai à en trouver une, moi. Et une comme il faut, encore. Une que tu regretteras pas de l'avoir prise.

7

L'après-midi, la cour de la forge se trouvait à l'ombre de la maison voisine, et pourtant, Tiennot avait besogné moins vite et surtout moins régulièrement que le matin. De son atelier, le forgeron l'avait souvent vu se relever, poser son outil et demeurer un moment le regard fixe, les traits tirés, la tête inclinée à gauche et la bave au menton. Parfois, ses grosses mains montaient lentement devant lui et semblaient pétrir l'air. Entre ses dents serrées, des mots passaient, à peine audibles.

– Bon Dieu... Tout de même... Faudrait voir... C'est tout de même quelque chose...

À l'heure du soir où tout le village occupé à la traite des vaches se tient dans les étables, Tiennot quitta son travail. La tranchée était ouverte aux trois quarts, et il dit au forgeron qui lui apportait un réveil :

– C'est bon. Demain, je serai rendu sur les 5 heures. Tu peux y compter... Et tu verras, à midi, l'ouvrage sera faite.

Il traversa la place déserte, puis il hésita, ralentit, obliqua sur sa gauche et regarda en direction du café. Il demeura ainsi quelques minutes, surveillant à la fois la place et la rue, mais observant surtout la devanture du café.

Il répétait :

– Bon Dieu de bon Dieu, c'est tout de même quelque chose !

Comme des pas sonnaient dans une ruelle, il eut un sursaut et son regard s'affola. Il fit deux enjambées en direction de la place, puis, se retournant soudain, il reprit sa démarche comme pour rentrer chez lui.

À l'angle d'une venelle, les deux sœurs Vernier débouchaient. La grande poussait son vélomoteur, l'autre portait une petite valise. Le visage de Tiennot s'empourpra et se couvrit instantanément de sueur. Il baissa la tête, et son regard noir fila au ras de ses sourcils, enveloppant ces deux filles de vingt ans, les soupesant, les palpant de la tête aux pieds. Lorsqu'elles furent à sa hauteur, toutes deux lancèrent :

– Bonjour, Tiennot !

– Bonjour, grogna-t-il les lèvres crispées.

Il fit quelques pas sans oser se retourner, puis il ralentit et regarda derrière lui. Il eut le temps de les voir encore dans la grande lumière de la place et il dit :

– Bon Dieu de bon Dieu, c'est quand même quelque chose !

Il reprit sa route, mais il n'allait pas de son allure habituelle. Sa démarche était plus saccadée, avec des hésitations, comme s'il eût cherché à reconnaître le chemin en tâtant le sol de la semelle de ses brodequins.

Il s'arrêta deux fois pour repartir après quelques instants, mais, la troisième fois, alors qu'il arrivait à quelques enjambées de la maison des Poussot, il fit brusquement demi-tour. La tête basse, l'œil en alerte, il observa les jardins et les cours avant de revenir sur ses pas.

Il allait lentement, attentif aux bruits, pareil à un animal effrayé. Il s'arrêta trois ou quatre fois, comme prêt à renoncer, mais, à chaque halte, il grognait :

– Tout de même... C'est quelque chose... Faudrait voir.

Et c'était comme s'il eût trouvé dans ces mots à peine articulés la force d'avancer encore.

Arrivé devant le café, sans entrer, il regarda par-dessus le rideau pour s'assurer que la salle était vide. Il observa la rue sur sa droite et sur sa gauche, puis la place, derrière lui. Sa main monta lentement vers le bec-de-cane de la porte, puis elle retomba. Il amorçait un mouvement de retraite lorsqu'il perçut un bruit de tracteur assez lointain mais qui semblait approcher. Alors, très vite, il entra.

Dès qu'il fut dans la salle, Tiennot se planta près de la porte refermée et demeura immobile, pris au piège, les jambes tremblantes et le visage ruisselant.

Une éternité coula, silencieuse, immobile, épaisse. Une éternité d'une minute ou deux avec le seul vol des mouches et le souffle court de Tiennot apeuré.

Une éternité d'une minute ou deux, puis le corps épais de Tiennot, qui semblait s'être tassé insensiblement, se souleva légèrement et ébaucha un demi-tour tandis que sa main s'élevait en direction de la poignée de cuivre où luisait un reflet. La main venait d'éteindre le reflet lorsqu'un bruit de verres entrechoqués et de ferraille monta de derrière la banque. Tiennot lâcha la poignée, poussa un long soupir et se retourna pour s'accrocher du regard au bourrelet de zinc du comptoir. Le bruit approcha, puis apparurent la tête, les épaules et enfin le torse de Flavien Cuisey qui posa lourdement deux paniers de métal pleins de bouteilles et referma le trappon.

– Tiens, fit le cafetier, c'est toi ! Je t'ai pas entendu entrer... Je faisais ma cave... T'aurais dû appeler.

Incapable de prononcer un mot, Tiennot fit un geste qui voulait dire : ça ne fait rien, j'ai tout mon temps.

– Tu ne viens pas t'asseoir ? demanda Flavien.

Tiennot eut un regard rapide en direction de la porte. Son corps fut secoué comme si une force invisible l'eût bousculé au passage, puis, s'ébranlant d'un coup, il vint jusqu'à la chaise que le cafetier avait écartée et s'y laissa tomber.

– Qu'est-ce que tu bois ?

Le grand corps de Tiennot, une fois accoudé à la table, s'écrasait peu à peu, vidé de sa force. Sans lever la tête, d'une voix d'enfant au bord du sanglot, il dit :

– Une bière.

Flavien le servit et s'assit de biais en face de lui, sur le bout de la banquette luisante.

– Tu n'as pas dû avoir froid, dans cette cour. Je sais bien que l'après-midi, c'est à l'ombre, mais ça fait rien, quand le soleil a tapé tout le matin, c'est un vrai four.

– C'est sûr, grogna Tiennot.

– Tu n'as pas l'air dans ton assiette ? Pourtant, le travail dur, on peut dire que tu en as l'habitude, toi.

– C'est sûr.

Un tracteur tirant une remorque bétaillère rouge et gris passa devant le café.

– C'est l'Émile, dit Flavien. Il va chercher une génisse à Belmont. Une jolie bête, à ce qu'il paraît. Il aura attendu que le gros de la chaleur soit tombé.

– C'est sûr.

Le silence s'installa peu à peu, à mesure que s'éloignait le tracteur. Puis le moteur du réfrigérateur cliqueta et se mit à ronronner doucement sous le comptoir où des verres vibraient sur l'égouttoir de métal.

Tiennot demeurait tête basse, mais son regard allait sans cesse de son verre au profil du cafetier, puis à la porte dont la poignée de cuivre lui lançait un reflet qui l'attirait. Le cafetier parla du marchand de bestiaux qui vendait cette génisse à Émile. Il dit que c'était un malin dont il convenait de se méfier. Mais Émile aussi était un malin.

– C'est sûr, fit Tiennot.

– Je ne crois pas qu'un homme comme ton père aurait fait affaire avec ce genre de type.

Le buste de Tiennot se souleva un peu, son visage s'éclaira le temps qu'il réponde :

– C'est sûr... Le père, y savait des choses. Et pour ce qui est de connaître les gens, il les connaissait.

Et sa tête branla longtemps d'avant en arrière. Il but la moitié de sa bière qui laissa de la mousse de chaque côté de sa bouche, puis il reposa son verre exactement sur le cercle mouillé que le pied avait laissé sur le marbre.

Là, il le promena lentement, élargissant la tache humide où se reflétait la chemise claire que portait le cafetier.

À plusieurs reprises, Tiennot remua, faisant grincer le bois de sa chaise. Il toussota comme pour s'éclaircir la voix, mais ce fut Flavien qui finit par rompre de nouveau le silence.

– Ton réveil, ma femme le portera demain matin. Elle va à Dole chez le dentiste.

Tiennot fut soudain pareil à un nageur sur le point de couler à pic et qui voit passer un tronc d'arbre à portée de bras. Au prix d'un effort considérable, il dit :

– Justement, c'est pour ça que je suis venu. À midi, j'ai pas pensé de te demander quand il sera réparé.

– Ça, elle te le dira demain soir, mais puisque Joseph doit t'en prêter un en attendant, rien ne presse.

– C'est sûr. Rien ne presse... Son réveil, à Joseph, je l'ai ici.

Il sortit de sa poche la feuille de journal roulée en boule où était enveloppé le petit réveil du forgeron. Il ajouta :

– C'est un réveil à sa femme. Lui, il a le sien.

Tiennot avait laissé filer le tronc d'arbre. Il barbotait. Il se mit à regarder ce paquet de journal qu'il tenait de la main droite, puis la porte, puis son verre, et il mâchonna quelques mots sans suite, l'air de nouveau égaré.

Le cafetier s'amusa un moment de son trouble, puis, avec un petit ricanement, il dit :

– Je me demande si c'est bien pour ça que tu es venu ?... Pour boire un coup, je ne crois pas, quand on sort de travailler chez Joseph, on n'a pas soif. C'est pas dans ses manières de laisser manquer le monde.

Tiennot ne put même pas souffler mot. Comme une mouche poursuivie, son regard noir se mit à voler de la table à la porte. Cruel, le cafetier le regardait en riant et en répétant :

– Sacré Tiennot, va... Sacré Tiennot. Je sais bien ce que tu veux, moi. Je le sais bien.

Il le laissa macérer un moment avant d'ajouter :

– Je sais bien ; tu voudrais que je te trouve une femme. C'est ça, que tu voudrais. Je le vois bien, moi. Allons, dis-le, que c'est ça. Y a pas de honte.

Tiennot n'osait ni répondre ni regarder le cafetier. Son trouble était tel que, voulant prendre son verre, il le renversa sur la table où il se brisa. Le cafetier se leva d'un bond pour éviter d'être mouillé, et la bière coula sur la banquette. Avec un grand rire, il lança :

– Hé là ! mon petit Tiennot. Faut pas t'émotionner pareillement ! Faut jamais s'émotionner pour des questions de fesses. Tu sauras ça !

Il emporta les débris de verre et revint avec une lavette pour essuyer la table et la banquette.

Agité de la tête aux pieds par un tremblement, Tiennot fouillait sa poche de pantalon. Il sortit son porte-monnaie et bredouilla :

– Je vais te le payer... C'est sûr, je vais te le payer...

– Allons, allons, laisse-moi ça. Tu dois juste la bière. C'est tout. Je suis pas comme ça, moi. Je suis pas de ceux qui te feraient payer un verre de réclame qui leur a seulement rien coûté.

Une voiture vint s'arrêter sur la place, sous le tilleul qui se trouve juste en face du café. Les portières claquèrent. Le cafetier regarda les deux hommes qui traversaient en direction de sa porte et il annonça :

– Tiens, c'est le marchand de chevaux de Villers-Farlay avec l'Henri Guillon. Peut-être qu'il lui aura vendu sa jument.

Comme les deux hommes entraient, le cafetier se pencha vers Tiennot et lui demanda, sur le ton de la confidence :

– Alors, c'est vrai ? Tu veux que je m'en occupe ?

Tiennot observait les arrivants qui saluaient. Il regardait aussi le cafetier qui répondait. Il regardait la table où étaient encore la lavette et les pièces de monnaie qu'il venait d'y déposer.

Trop de choses à la fois. Il se leva, secoué de tremblements, les dents serrées, il fit oui de la tête sans oser lever les yeux vers le cafetier qui lui tapa sur l'épaule en disant :

– Va tranquille, je m'en occupe... Passe seulement de temps à autre. Je te donnerai des nouvelles.

DEUXIÈME PARTIE

8

Deux semaines s'étaient écoulées depuis l'enterrement du père Biard, et la grosse chaleur tenait toujours. Les forêts semblaient s'être assoupies, baignées d'une vapeur de cendres qui unissait le ciel et la terre. Quelques orages avaient grondé dans les lointains, vers les fins d'après-midi, et certains s'étaient sans doute déchirés aux plus hautes chaînes du Jura, car l'eau de la Loue, légèrement troublée, avait monté de quarante centimètres en quelques heures, pour redescendre aussi vite dès le lendemain.

La tranchée de la forge achevée, puis rebouchée et soigneusement damée, Tiennot s'était livré à d'autres besognes pour des gens du village. Ce n'était pas l'ouvrage qui lui manquait, avec son arrosage, la cueillette des légumes et les soins à donner aux bêtes. Le dimanche, il était allé renquiller tout l'après-midi, et il avait gagné dix francs sans se fatiguer. Le soir, alors qu'il rangeait les boules et les quilles, le cafetier l'avait pris à part pour lui dire :

– Nos affaires sont en chemin, mon vieux Tiennot. Ce serait pour cette semaine que ça m'étonnerait pas. Je t'ai trouvé ce qu'il te faut... Tu verras.

Tiennot avait ouvert la bouche pour poser une question, mais le temps que les mots lui arrivent, Flavien avait déjà regagné la salle. Seul dans la cour du café, sous l'ampoule suspendue aux basses branches du tilleul et enveloppée d'un tourbillon de moucherons, Tiennot était resté longtemps figé, pareil à une énorme quille un peu penchée, oubliée sur l'aire de jeu.

Et puis, il avait regagné son île, observant à la dérobée chaque fille endimanchée qu'il croisait en chemin.

Depuis lors, il vivait dans l'attente, du matin au soir. Il avait seulement trouvé le temps de monter deux fois le long de la rive, au plus serré des broussailles, jusqu'à la gravière où les jeunes venaient se baigner. Là, à genoux dans les ronces, le regard filant entre les feuilles, il avait observé les filles en maillot, et il s'était donné du plaisir tout seul, avec de petits gémissements de bête.

Lorsqu'il se trouvait au village, il guettait chaque passage de voiture. Dans son île, il demeurait l'oreille tendue pour ne pas courir le risque de manquer un appel venu de la rive. Le soir, il restait jusqu'à nuit noire sur les marches de son embarcadère, fixant la berge, à l'endroit où le chemin débouche de dessous les derniers frênes.

Mais ce fut un matin que l'appel arriva. Un matin, alors qu'il arrachait les fanes d'une planche de pois gourmands que la chaleur avait roussie.

Lorsqu'il reconnut la voix du cafetier, Tiennot fut tout d'abord comme frappé par la foudre. Son corps penché en avant, et d'habitude si long à se mouvoir, se redressa d'un coup. Et puis, ce fut la paralysie.

Une poignée de fanes sèches dans la main gauche, deux rameaux branchus dans l'autre, la bouche ouverte mais sans voix, il demeurait à fixer droit devant lui l'amont de l'île alors que l'appel était venu de derrière, sur sa droite. Ses jambes tremblaient à tel point qu'un coup de vent l'eût peut-être renversé.

Un autre appel arriva, plus sonore :

– Oh ! Tiennot... C'est Flavien !

Et l'île se mit à tanguer, les peupliers furent soulevés, la terre ondula comme une eau épaisse.

– Bon Dieu de bon Dieu, ragea Tiennot. Est-ce que ce serait ça ?

Libéré peut-être par ce grognement, il fit demi-tour et se mit à courir en hurlant :

– Voilà... Voilà... On y va !

Le rideau d'arbres lui cachait encore la gravière et, tout en s'accrochant aux piquets de tomates et à la barrière, il frottait l'une contre l'autre ses paumes sèches en répétant :

– Bon Dieu... Ce serait bien ça... Ce serait bien ça !

En haut de l'escalier, il s'arrêta, une main serrant le piquet de la rambarde. Trois personnes étaient debout sur

44

les galets, dans le soleil déjà haut, par-delà les eaux à peine courantes où filaient par saccades les araignées à longues pattes.

Et voilà que ces trois personnes debout étaient aussi brouillées et ondulantes que leur reflet.

– Alors, cria le cafetier, tu vas attendre qu'on soit rôtis à point, pour venir nous chercher !

La vue de Tiennot était tellement trouble et ses membres si agités qu'il trébucha en descendant les marches de bois et faillit rouler. Il agrippa la main courante dont le bois craqua, tirant sur les clous rouillés qui gémirent.

– Va pas te foutre à l'eau ! cria Flavien.

Mais Tiennot n'écoutait plus. Seul son instinct travaillait, guidant ses gestes tandis que ses lèvres mouillées laissaient sans cesse filtrer le même râle :

– Bon Dieu... Ce serait ça.

Il détacha la barque, lança la chaîne sur le plancher où elle fit un bruit de tonnerre, sauta à la pointe, empoigna la perche et vira d'un coup en soulevant des vagues énormes et en inclinant le bateau au point d'embarquer de l'eau. En quatre poussées, il atteignit la gravière où tout l'avant s'engagea sur les pierres.

Le cafetier se remit à rire en disant :

– Et alors, tu vas pas grimper aux arbres avec ton barcot, des fois !

Mais Tiennot n'écoutait pas. Son regard avait à peine passé sur les deux hommes pour s'arrêter à la fille et l'empoigner d'une pièce.

Une fille pas très grande, pas trop grosse non plus, mais avec des formes bien pleines, des hanches larges et une poitrine qui pesait lourd dans un corsage vert clair à col et à poignets rouges. Elle avait des cheveux raides coupés assez court, blonds au bout mais bruns vers la racine. Un peu gauche, une main pendante et l'autre posée sur un sac jaune suspendu à son épaule, elle se tenait plantée à côté d'une valise marron qu'entourait une grosse ficelle. Elle avait des yeux presque noirs, un peu saillants, et un visage rond aux lèvres épaisses dessinées de carmin. Son visage n'exprimait qu'un peu d'étonnement à peine inquiet. La sueur perlait à son front et le tissu de son corsage était sombre aux aisselles.

45

– Alors, demanda le cafetier, tu nous traverses, oui ou non ?

Tiennot serra les mains qu'on lui tendait tandis que Flavien disait :

– M. Lecoutre... Sa fille, la Clémence.

Tiennot hochait du chef mais ne semblait rien entendre. Il recula de deux pas pour laisser l'accès libre au bateau, puis il se mit à piétiner les galets, ébauchant des gestes maladroits des bras, courbant l'échine comme pour signifier : mais passez donc, je vous en prie. On eût dit qu'il exécutait une danse rituelle un peu engluée.

Le cafetier empoigna la valise et alla s'asseoir au cul de la barque. Les deux Lecoutre prirent place côte à côte sur le banc de nage. Lorsqu'ils furent installés, sans effort apparent, Tiennot souleva l'avant du bateau engagé sur les galets puis poussa vers le large. Sans retrousser son pantalon, il entra dans l'eau jusqu'à mi-mollets, poussa encore et monta.

La barque oscilla bord sur bord et Tiennot regarda la fille qui se cramponnait d'une main au bras de son père et de l'autre au bordage.

– Pour ce qui est du bateau, observa le cafetier, notre Tiennot, c'est un fort. Par grosses eaux – et je vous parle des plus grandes crues – il est le seul à oser se risquer sur la Loue. Même de sauter un barrage, ça l'embarrasse pas. Faut dire qu'il a appris à nager et à mener un barcot quasiment en même temps qu'il apprenait à marcher... Lui et son père, personne a jamais vu plus malins dans toute la vallée.

Tiennot baissait les yeux, rouge de plaisir.

Lorsqu'ils abordèrent, ce fut lui qui prit la valise. Traversant la cour derrière les autres, il observait la fille dont la croupe tendait le tissu marron d'une jupe un peu serrée qu'elle avait dû relever pour poser le pied sur le débarcadère.

Comme il n'y avait que deux chaises dans la pièce où ils entrèrent, Tiennot s'empressa d'aller en chercher une autre et un tabouret. Ils s'installèrent tous les quatre, et le silence se fit.

Tiennot observait la fille à la dérobée, puis baissait les paupières. Ses mains s'étreignaient l'une l'autre, sa lèvre inférieure tremblait.

46

Après un temps interminable, ce fut le cafetier qui prit la parole :

– Tu vois, Tiennot, M. Lecoutre, c'est un ami. Il est négociant à Gresidans, un peu plus loin qu'Authume. Bien sûr, c'est de l'autre côté de Dole, toi, tu connais pas. Mais ton père connaissait.

Tiennot se redressa avec orgueil et fit une moue qui voulait dire que ça n'avait rien de surprenant, puisque le père connaissait tout.

– D'ailleurs, fit Lecoutre, votre père, je l'ai rencontré plusieurs fois. Je ne dirai pas que c'était un ami, je ne l'ai pas assez fréquenté. Mais c'est un homme que j'estimais. Et je crois bien qu'il m'estimait pas moins. Si je m'étais pas trouvé en voyage, je serais venu aux obsèques. Parce que, moi aussi, je suis un ancien de la Résistance.

– Tu vois, dit le cafetier, vous voilà comme qui dirait en pays de connaissance. Tu te souviens ce que disait ton père : « Les anciens de la Résistance, c'est une grande famille. »

– C'est sûr, murmura Tiennot... Il le disait.

– Alors, reprit le cafetier, comme je savais que Clémence voulait se placer, et comme son père voulait pas qu'elle soit n'importe où, j'ai pensé que chez toi, ça pourrait faire.

Tiennot, qui regardait toujours la fille sans oser lever les yeux jusqu'à son visage, eut un hochement d'approbation.

– Voilà, ajouta le cafetier, moi, je vais vous laisser vous arranger entre vous.

Il fit mine de se lever, mais Lecoutre lui prit le bras en disant :

– Non, tu n'es pas de trop. Reste là. Toi aussi tu es, comme qui dirait, de la famille.

Le cafetier s'adossa et croisa les jambes en soupirant :

– Ma foi, après tout...

Lecoutre observa Tiennot, puis sa fille, puis de nouveau Tiennot avant de dire :

– Tiens, Clémence, tu devrais aller voir un peu les alentours. Faut te rendre compte si tu te plairas ici.

Clémence se leva lentement en posant sa main courte et ronde sur la table. Ses ongles portaient quelques écailles de vernis rouge. Elle soupira profondément, puis sortit sans hâte, traînant un peu les pieds. Tiennot n'avait pas remué d'un cheveu, suivant les jambes de Clémence du regard,

47

puis son ombre qui passait devant la fenêtre. Comme elle prenait la direction de l'appentis et du jardin, Tiennot leva la tête et dit timidement :

– Faudrait pas qu'elle aille derrière le mulet. C'est pas qu'il soit méchant, mais des fois, quand il connaît pas, il pourrait regimber.

– Y a pas de risque, dit Lecoutre. Elle ira pas aux bêtes. Remarquez, c'est pas qu'elle les craigne. Que non. Seulement, elle entrerait pas toute seule. Question de politesse, vous comprenez. Mais les bêtes, faut pas croire, elle les connaît. Autrefois, elle a été placée dans une ferme. Par la suite, elle a été dans l'hôtellerie. C'est vous dire qu'elle sait faire bien des choses. Et sa peine, elle la craint pas... L'hôtellerie, remarquez, elle aurait pu y rester, seulement moi et ma femme, on y tenait pas tellement. C'est pas des métiers pour des jeunes filles.

Lecoutre était moyen de taille, et plutôt maigre, avec un visage aiguisé et un nez qui formait bec sur une épaisse moustache noire tombante. Il ralluma un mégot en inclinant la tête et en fermant un œil, puis, gardant à la main son briquet de cuivre, il expliqua encore que Clémence avait moins de trente ans, un caractère facile, et peu d'exigences sur la nourriture. Et il conclut en ajoutant :

– Mais pour ce qui est de cuisiner, elle en remontrerait à beaucoup. D'avoir travaillé en hôtel, elle en sait plus que sa mère.

Il y eut un nouveau silence. Tiennot remuait sur son tabouret, lançant des regards rapides à la fenêtre. Lecoutre jeta son mégot dans la cheminée, et dit :

– Vous avez des chenets qui ne sont pas vilains, mais ils sont trop petits pour cette cheminée. Je pourrais vous en trouver qui vous iraient bien mieux.

Tiennot eut un geste qui ne voulait rien dire, et le silence reprit possession de la pièce où la seule vie semblait être le tournoiement saccadé d'une dizaine de mouches.

– C'est pas tout ça, fit le cafetier, mais faut vous arranger pour les conditions.

Tiennot les regarda tous deux, l'air inquiet.

– Moi, fit Lecoutre, je vous offre de la prendre à l'essai... Disons deux mois, par exemple. Pour lui laisser le temps de se faire ici.

Il eut un clin d'œil et un sourire qui retroussa ses moustaches, puis il ajouta :

– Et pour vous laisser le temps de vous habituer ensemble.

– C'est sûr, grogna Tiennot dont le visage était agité de tics.

– Alors, reprit Lecoutre, avec la nourriture et le logement, qu'est-ce que vous diriez de cinquante mille pour les deux mois ?

Tiennot ouvrit la bouche et resta un instant comme si la lampe se fût abattue sur la table. Il bredouilla :

– Cinquante mille... Cinquante mille...

– Moi, dit le cafetier, ça me paraît tout à fait raisonnable. Sans compter que le dimanche, quand tu viens renquiller chez moi, la Clémence peut venir aussi pour aider au service. Ce qu'elle se fera, ce sera toujours autant qui rentrera chez toi.

Tiennot n'avait toujours pas bronché. Ses lèvres remuaient mais aucun son ne sortait de sa gorge malgré le va-et-vient de sa pomme d'Adam.

– Remarquez bien, fit Lecoutre, si vous les avez pas ici, vous me donnez ce que vous pouvez. Pour le reste, on est de se revoir. Ce serait bien le diable que je ne vous fasse pas confiance.

Comme Tiennot demeurait interdit, les deux autres se regardèrent, échangèrent un signe de tête puis, toujours avec son clin d'œil et son sourire, Lecoutre se pencha vers Tiennot, posa sa main sur son avant-bras et le secoua un peu en disant :

– J'ai parlé du travail qu'elle peut vous faire, mais pour le reste, entre nous, c'est à vous de vous arranger avec la Clémence... Et beau gars comme je vous vois, je serais bien étonné qu'il n'y ait pas quelques satisfactions, comme dit l'autre.

Il fit un petit signe de tête en direction des lits, et il se mit à rire. Comme le cafetier riait aussi, ce fut à lui que Lecoutre s'adressa pour ajouter :

– Nous autres, la vie, on sait ce que c'est. La Clémence, elle est majeure. C'est tout ce qu'il y a de sérieux, mais tout de même, on tient pas tant que ça qu'elle reste vieille fille.

49

Tiennot s'était redressé. Son visage n'était plus parcouru de tics, mais ruisselant et cramoisi, avec un tremblement des lèvres et un plissement des sourcils sur le regard sombre.

Au bord de sa vision, il vit passer une ombre. Tournant lentement la tête, il découvrit Clémence qui se dirigeait nonchalamment vers l'embarcadère. Il la contempla un moment. Ses cheveux blonds étaient pleins de soleil. Le tissu de sa jupe luisait au mouvement de sa croupe. À mesure que Tiennot l'observait, son souffle devenait plus court, plus bruyant aussi. Ses mains se crispèrent au bord de la table, son corps se déplia sur ses jambes tremblantes. Sa voix rauque lança aux deux hommes :

– Attendez-moi... Je reviens.

Il gagna l'autre pièce comme s'il courait au feu. Il referma la porte derrière lui, et, soulevant un angle de la toile transparente qui pendait devant la fenêtre, il regarda Clémence qui se tenait immobile, accoudée à la main courante de l'embarcadère.

– Bon Dieu, grogna-t-il, ces fesses !

Il laissa retomber le rideau, puis, en se retournant souvent pour observer la fenêtre et la porte, avec des gestes brusques, saccadés, il déplaça un sac de blé, enleva une planche appuyée au mur, sortit de sa place un moellon descellé et tira du trou une boîte à biscuits rouillée. Il l'ouvrit, compta cinq billets, s'assura qu'il en restait bien sept autres pareils et cinq de mille francs, remit le tout en place et revint vers la porte. Avant de l'ouvrir, il murmura :

– Sûr que le père y serait d'accord... Il disait toujours : « Les femmes, ça coûte les yeux de la tête. Mais faut y passer... On se fait pas idée... » Lui, le père, y savait... C'est sûr, il aurait pas dit non.

Sa main qui tenait les billets tremblait, et pourtant, ce fut d'un pas à peu près assuré qu'il rejoignit les deux hommes. Il tendit les billets à Lecoutre qui les empocha sans les compter.

Le cafetier se leva en disant :

– Voilà une bonne chose pour toi, Tiennot. Et ton père se sentirait plus tranquille. Te savoir seul, c'était son grand souci. La Clémence, tu verras, c'est quelqu'un.

50

Ils étaient déjà sur le pas de la porte, lorsque Lecoutre se ravisa :

– Ah ! fit-il, j'oubliais. Faut que je prenne vos chenets, si je veux vous en faire faire de plus grands. On fait échange, c'est d'accord ? Et vous serez pas perdant : du tout neuf contre du vieux.

– Tu vois, conclut le cafetier, c'est une bonne chose, de se retrouver une famille.

9

Lorsque Tiennot regagna l'île après avoir passé les deux hommes, Clémence l'attendait en haut de l'escalier. Il monta près d'elle, se retourna pour s'assurer que les autres avaient disparu, puis, la tête inclinée, le regard au ras des sourcils, il l'observa. Elle le regardait aussi, avec un demi-sourire un peu triste, et Tiennot baissa les yeux. Il y eut entre eux un long moment de vide. Tout paraissait immobile dans la chaleur qui grandissait à mesure qu'approchait la fin de la matinée.

– Ben voilà, fit-elle.

C'étaient les premiers mots qu'elle prononçait. Elle avait une voix éraillée et plutôt grave pour une femme. Tiennot dit à son tour :

– Hé oui... voilà !

Et il eut un petit rire tandis que ses mains ébauchaient un geste en avant pour revenir tout de suite près des poches de son pantalon. Tiennot réfléchit quelques instants avant de proposer :

– Si on allait voir les bêtes ?

– Ma foi, dit Clémence, pourquoi pas ?

Ils traversèrent la cour en direction de l'appentis. Ils marchaient côte à côte, avec, entre eux, un bon mètre de distance. Comme ils allaient atteindre l'entrée, la fille demanda :

– Vous marchez toujours pieds nus ?

Tiennot rougit, se troubla et dut s'arrêter pour répondre :

51

– Oh, que non ! J'ai des brodequins, vous savez. Faut pas croire... Et puis, j'ai aussi des bottes. Et puis, j'ai aussi des souliers bas... Des vernis... C'est la Berthe Poussot qui est allée me les acheter pour l'enterrement du père... Seulement, ils me font mal.

D'avoir tant parlé, il parut plus à l'aise. Il entra le premier sous l'appentis et se dirigea vers le mulet qui se mit à souffler en battant du sabot. Tiennot lança :

– Brrrou ! Ouais la Miaule !... Voilà que tu as de la visite.

Il se tourna vers Clémence qui se tenait en retrait.

– Faut le caresser, fit-il. Faut faire amitié... Mais faudra jamais lui passer derrière... C'est pas qu'il est méchant, mais il craint.

La grosse lapine battait toujours de la patte.

– Elle demande le mâle, dit Tiennot... Mais c'est plus la saison.

Il montra aussi les poules, puis, sortant sur l'aire, il dit :

– Les canards, y doivent être à l'eau, dans le coin du barrage... C'est là qu'ils se plaisent par ces temps de chaleur.

Ils firent quelques pas en direction de la porte, et Tiennot reprit :

– Faut voir l'heure... C'est peut-être temps que je fasse chauffer.

Il était 11 heures. Tiennot expliqua que le réveil appartenait au forgeron et que le sien était à Dole, chez le rhabilleur.

– Moi, dit Clémence, c'est ma montre. Elle marche plus. Alors, je l'ai pas apportée.

– C'est sûr.

Ils étaient debout, à deux pas l'un de l'autre, empruntés l'un et l'autre. La valise de Clémence était près de la porte, son sac à main accroché au dossier de la chaise qu'elle avait occupée quelques minutes.

– Vous pouvez vous asseoir, proposa Tiennot.

Elle reprit sa place et Tiennot se balança un moment d'un pied sur l'autre avant de demander :

– Vous boiriez pas un canon ?

– Ça peut se faire.

Il sortit du placard un litre et deux verres qu'il posa sur la table en constatant :

– Tiens, j'ai pas seulement eu idée de payer un coup aux autres. Le père dirait : « C'est pas de savoir-vivre... » C'est que lui, pour ce qui était de savoir s'y prendre avec les gens, il en aurait remontré à plus d'un.

Il emplit les verres d'une main mal assurée, puis, ayant posé le litre, il désigna le calendrier en disant :

– C'est ses médailles. Et l'article de journal, c'est quand il a passé... Si vous voulez le lire ?

Sans attendre de réponse, avec précaution, il décrocha le calendrier qu'il posa bien à plat sur la table, devant Clémence. Il s'était approché d'elle, et, tandis qu'elle lisait, il resta penché, essayant de respirer son odeur.

Il fixait le puits d'ombre qu'ouvrait au bas de sa nuque le bec de son corsage. De nouveau, ses mains se mirent à trembler et ébauchèrent un geste en direction de ce dos courbé et de ces épaules qui tendaient le tissu léger. Clémence se redressa en disant :

– Oui. C'est bien.

– Sûr que c'est quelque chose !

Il remit le calendrier en place. Ses doigts eurent du mal à faire passer le piton dans la boucle de la ficelle. Quand ce fut fait, il soupira profondément et alla s'asseoir en face de Clémence. Poussant son verre en direction de l'autre, il dit :

– À la bonne vôtre.

Clémence fit de même et répéta les mêmes mots. Quand les verres se furent touchés, ils burent.

– Il est bon, dit-elle.

– C'est sûr... Y vient de l'épicière. La Line Chevassus.

Il but le reste de son vin, puis, après réflexion, il dit :

– Quand on aura mangé, faut que j' vous montre le village... Et voir les connaissances.

– Rien ne presse... On a le temps.

– C'est sûr.

Comme Tiennot s'apprêtait à allumer le feu dans la cuisinière pour faire chauffer la soupe et des haricots qu'il avait cuits la veille, Clémence dit :

– Je peux le faire, mais je voudrais pas gâter mes habits. Si je pouvais me changer...

Tiennot rougit encore et laissa tomber la poignée de brindilles qu'il tenait. Il se baissa, puis se redressa sans avoir rien ramassé. Il fit trois pas en direction de la porte, revint, repartit, bredouilla quelques mots inaudibles, puis finit par articuler :

– C'est bon... J' vais dehors.

Il sortit et Clémence poussa la porte derrière lui.

Il avait le regard d'une bête traquée. Son pas était plus saccadé. Il traversa la moitié de la cour, puis il revint pour s'arrêter à moins d'un mètre de la porte qu'il fixait tandis que ses mains semblaient tenir deux pâtons vivants. Il grognait :

– Bon Dieu de bon Dieu... C'est-il possible !

Le temps ne coulait plus. Tout s'était soudain englué dans un silence épais comme du plomb. Le souffle court, pareil à un animal travaillé par la fièvre, Tiennot semblait prêt à foncer tête première contre cette porte.

Lorsqu'elle s'ouvrit, il ne réagit pas immédiatement et Clémence eut un pas de recul tandis qu'une lueur d'effroi traversait son regard. D'une voix à peine perceptible, elle dit :

– Vous pouvez rentrer.

Elle avait revêtu une vieille robe beige un peu courte qui découvrait ses jambes au-dessus des genoux. Elle avait quitté ses bas. Elle portait aussi un tablier rouge à petites fleurs blanches que Tiennot regarda en disant :

– C'est joli.

– Oui. Je l'ai trouvé en solde, au marché de Dole. Il y a tout juste quinze jours. Sur un banc qui s'installe devant chez Tirquit, vous savez, le marchand de pain d'épices. J'y étais allée pour acheter des glaces minces et des malakoffs. Y a que là qu'on en trouve d'aussi bons.

– C'est sûr, dit Tiennot.

– Ah ! vous y allez aussi ?

– Où donc ?

– Eh bien ! chez Tirquit, pardi !

Tiennot réfléchit un instant avant de dire :

– Non, j'vois pas.

Et Clémence le regarda avec étonnement.

Lorsqu'ils eurent fait chauffer le repas, ils mangèrent face à face, Clémence assise à la place qu'avait toujours occupée le père Biard. Ils mangèrent sans parler, en s'observant et avec des échanges de grimaces qui voulaient sans doute être des sourires.

54

Le repas terminé, Clémence lava la vaisselle sur l'évier de pierre brune. Elle faisait tout avec des gestes lents, mesurés, mais avec une grande attention.

Lorsqu'elle eut rangé la bassine, elle revint s'asseoir. Tiennot n'avait pas bougé. Assis de biais, un coude sur la table, il demeurait le regard fixé sur la jupe et le corsage que Clémence avait quittés et qui se trouvaient étalés sur le lit du père. Les bas pendaient, posés sur le bois du lit. La valise refermée était à plat sous le sommier.

À plusieurs reprises, Clémence soupira. Puis elle finit par demander :

– Et votre mère, elle est morte quand donc ?

– Pendant la guerre. C'est les SS qui l'ont tuée. Elle passait des gens, avec le bateau.

Tiennot raconta en détail ce qu'il avait gardé en mémoire de cette nuit-là. Il parlait lentement, avec des temps, mais sans émotion.

Ce fut seulement lorsqu'il évoqua l'incendie de la maison que son visage s'éclaira et que sa voix se mit à monter en vibrant. Ses mains aussi s'animaient, avec des gestes désordonnés, des coups sur la table.

– Les lapins qui couraient avec le poil tout en feu... Ça, c'est une chose qui me sortira jamais de la tête... Jamais.

Tiennot cessa de raconter, mais il devait continuer de revivre le drame, car son œil demeurait habité et ses membres remuaient. Clémence attendit en l'examinant de la tête aux pieds comme un animal étrange.

Peu à peu, Tiennot se calma, laissant sa tête s'incliner à gauche. Enfin, se redressant, il dit :

– Tiens, j'ai pas pensé, j'aurais dû lui montrer.

– Quoi donc ?

– L'article. À votre père... Comme il était dans la Résistance aussi, j'aurais dû. J'ai pas pensé.

– Dans la Résistance, qui ça ?

– Ben votre père, pardi.

Clémence réprima un petit rire, haussa les épaules et soupira :

– Bien sûr.

Elle laissa passer une bonne minute, puis ajouta :

– Tout de même, votre mère, s'en aller comme ça, pauvre femme !... Si c'est pas malheureux !

Une fois de plus, le silence de l'après-midi revint, entrant par la porte ouverte avec la chaleur de la cour inondée de lumière.

– Et vous, votre mère ? finit par demander Tiennot.

– Ma foi, elle est chez nous. Avec de la besogne. Je suis l'aînée de neuf, alors, vous comprenez...

– Qu'est-ce que c'est, le commerce de votre père ?

– Un peu tout... Il ramasse la ferraille... Les chiffons, ça vaut plus guère le coup, c'est comme le papier.

Tiennot parut satisfait de cette réponse. Il demanda encore où Clémence avait travaillé.

– Un restaurant de Dole, dit-elle. La Pomme d'Or, ça s'appelle.

Tiennot réfléchit, puis il dit en riant :

– Alors, vous devez bien savoir faire la cuisine.

Clémence rit également, et il vit que sa poitrine tressautait un peu. Elle dit :

– Que non... J'étais pas cuisinière, j'étais plongeuse.

Tiennot plissa le front. Il hocha longuement la tête, hésitant avant de demander :

– Quoi donc ?

– Ben oui, plongeuse. Je faisais la vaisselle, quoi !

– Ah !

Elle se redressa légèrement, puis, avec fierté, elle dit :

– Mais j'ai appris des choses. Le chef m'expliquait. Vous verrez... Je sais faire la cuisine.

– C'est sûr, dit Tiennot.

Un long moment passa encore, puis Clémence demanda, presque timidement :

– Mon père, il vous a demandé des sous, ce matin ?

– C'est sûr... Mais j'avais ce qu'il fallait. Je lui ai donné ses cinquante mille.

En disant cela, Tiennot avait rougi. Clémence hocha la tête, ses lèvres remuèrent, mais Tiennot ne put pas comprendre qu'elle disait :

– La vache !

10

Ils avaient passé l'après-midi au jardin, et, lorsque l'heure était venue d'arroser, Tiennot avait pu constater que Clémence avait assez de force pour puiser l'eau et la transporter.

Ils avaient mangé les restes du repas de midi, puis, comme du temps de son père, ils étaient sortis s'asseoir sur le banc de pierre, le dos au mur tout tiède encore du soleil de la journée.

Il y avait entre eux un bon espace. De temps à autre, Tiennot regardait la main grasse de Clémence posée à l'arête de la pierre. Comme la lumière baissait, Clémence dit :

– Vous avez des moustiques, ici. C'est la rivière.

Elle se gifla le front puis les avant-bras.

– Moi, dit fièrement Tiennot, je les sens pas.

Il hésita, se déplaça un peu sur le banc avant d'ajouter :

– Faudrait rentrer.

Il restait assez de lumière dans la pièce et, sans allumer, ils reprirent place de chaque côté de la table. Clémence demeurait immobile, mais Tiennot remuait sans cesse sur sa chaise. Son regard allait de son lit à Clémence sans qu'il eût ni à lever ni à tourner la tête.

– Vous n'avez pas de télévision, dit-elle au bout d'un long moment, et même pas de radio.

– Le père disait : « C'est tout de la foutaise... C'est trop cher pour entendre des mensonges. »

– Ma foi ! fit-elle avec un gros soupir.

Elle aussi remua un peu sur sa chaise avant de se lever lentement en disant :

– Alors, on peut se coucher.

– C'est sûr.

Il avait à peine murmuré ces deux mots d'une voix étranglée. Il la regarda se diriger vers la ruelle qui séparait les deux lits. Seul celui de Tiennot était fait. Sur le matelas du père, il n'y avait que la couverture piquée. Le fond de la pièce était déjà dans la pénombre, mais Tiennot pouvait voir Clémence debout dans la ruelle et qui, ayant délacé son tablier, leva les bras, pencha la tête en avant et dégrafa sa robe sur sa nuque. Il remuait de plus en plus sur son siège dont le bois couinait, dont les pieds grinçaient parfois sur le carrelage.

Quand Clémence enleva sa robe, il tourna la tête et regarda par la fenêtre, en direction des peupliers. Ses mains étaient agitées de soubresauts, la droite sur la table, l'autre crispée sur son genou. Lorsque son regard revint vers les lits, Clémence dégrafait son soutien-gorge qui libéra deux seins blancs et lourds. Elle tourna le dos pour quitter son slip noir et Tiennot ne put retenir un grognement de bête. Clémence ne parut pas l'avoir entendu. Ouvrant le lit, elle y monta en disant :

– Vous venez pas ?

Tiennot grogna encore, mais, cette fois, à petits coups et dans un registre beaucoup plus aigu.

Il se dressa d'un bloc et fit trois pas, le regard rivé au carrelage rouge. Il leva les yeux. Clémence était allongée sur le dos, les mains derrière la tête. Elle s'était glissée au fond du lit, du côté du mur. Comme il la regardait, elle se tourna sur le côté droit, face au mur. Alors, le souffle court et les gestes saccadés, il enleva le plus vite qu'il put sa chemise et son pantalon. Un bouton roula sur le sol avec un tintement clair qui prit une ampleur surprenante dans le silence de la pièce. Il jeta ses vêtements sur une chaise, et, sans hésiter, il ouvrit le lit et se colla contre elle. Clémence se retourna et sa bouche chercha celle de Tiennot dont les mains palpaient ce corps moite. Il toucha les seins, le ventre, les cuisses. Il retenait mal des plaintes d'animal blessé. Très vite il fut en elle et, presque tout de suite, il prit son plaisir avec une espèce de râle venu du fin fond de sa poitrine.

Elle n'avait eu aucune réaction, et, lorsqu'il se retira, elle dit doucement :

– Tu vas trop vite... On n'a pas de plaisir.

– Bon Dieu, que si, que si.

– Et puis, faut qu'on fasse attention.

Elle l'enjamba pour quitter le lit et, dans ce qui restait de jour, il la regarda se diriger vers l'évier et emplir d'eau la bassine à vaisselle qu'elle posa par terre avant de s'accroupir.

Lorsqu'elle revint dans le lit, elle dit :

– Si t'as encore envie, t'iras pisser un coup et te laver aussi.

Tiennot hésita avant de demander :

– Pour quoi faire ?

– Parce que je tiens pas d'avoir encore un gosse.

Tiennot obéit, avec des gestes maladroits, puis il revint se coucher et se remit à palper ce corps offert.

– Va un peu doucement, dit-elle, tu fais mal.

Ils s'aimèrent de nouveau, un peu moins vite, mais toujours sans que Clémence y prît plaisir.

La nuit était venue. Ils étaient allongés côte à côte et un long moment coula, habité seulement par le cri des oiseaux de nuit. Puis Tiennot demanda à nouveau :

– Pourquoi t'as dit que tu voulais pas avoir encore un gosse ?

– Parce que j'en ai déjà un.

– Où il est ?

– Chez ma mère.

– Ah !

– Et ton...

Il se tut.

– Son père, tu veux dire ?

– Ben oui.

– Je sais pas qui c'est... Enfin, je suis pas sûre.

Il ne répondit pas. Son souffle, d'un coup, était devenu plus régulier et plus bruyant. Clémence l'écouta un instant puis, lui tournant le dos, elle soupira :

– Celui-là, alors, c'est quelque chose !

11

Tiennot sortit de son sommeil alors que le jour commençait à poindre. À côté de lui, Clémence ronflait, la bouche grande ouverte. Il lui palpa la poitrine et, sans se réveiller, elle grogna :

– Tu m' fais mal.

Puis elle lui tourna le dos.

Il s'assit sur le lit, les reins appuyés au bois froid, et demeura longtemps à regarder grandir la clarté sur les arbres. Insensiblement, la lumière coulait dans la pièce, découvrant la table, les chaises, le fait-tout sur la cuisinière, le pied du lit qui n'était qu'une ombre portant un mince reflet horizontal.

Enfin, une lueur commença d'éclairer les cheveux blonds de Clémence qui avait remonté la couverture jusque sur son épaule. Tiennot contempla longtemps ces cheveux avant d'en approcher lentement sa main ouverte. Il les caressa doucement puis laissa sa main posée, immobile sur la bonne tiédeur.

Comme Clémence éloignait sa tête, il retira sa main et se leva. Il enfila son pantalon et, avec mille précautions, il ouvrit la porte et sortit.

Le matin encore incolore était tiède. Une légère vapeur montait du barrage pour s'étaler sur l'eau calme de la retenue. Le chant des oiseaux et celui plus lointain de la chute étaient le seul bruit.

Tiennot flairait en direction de l'eau, à la manière des chiens d'arrêt. Il épiait cette aube naissante, tournant lentement la tête, fouillant du regard les recoins et les sous-bois. Son front plissé, ses narines ouvertes, ses lèvres serrant la langue tirée, ses mains à peine levées devant lui, tout témoignait d'une attente tendue et d'une réflexion profonde.

Sans bruit, il revint dans la chambre, prit le réveil posé sur la cheminée et ressortit. Lorsqu'il eut gagné le jardin, il posa le réveil dans la brouette et dit en se frottant les mains :

– Sûr que si je te laisse là-bas, elle sera pas contente... Ici, tu peux toujours sonner, mon vieux... Ça peut réveiller que les bêtes.

Et il riait.

Il alla donner une poignée de foin au mulet qui l'appelait.

– Tais-toi, imbécile... Tu vas me la réveiller.

Et il riait encore.

Il revint doucement jusqu'au seuil, écouta durant une bonne minute le ronflement régulier de Clémence, puis, d'un pas résolu, il traversa la cour pour s'arrêter en haut de l'escalier.

La barque était parfaitement immobile sur l'eau encore habillée de nuit. À mi-course entre la rive de l'île et la gravière, le courant se devinait à un frottis à peine lumineux.

– Sûr que ça lui ferait plaisir... Sûr.

Il descendit jusqu'à la dernière marche et s'arrêta de nouveau. Son regard fouilla la rive opposée, remontant jusqu'au coude, descendant par-delà le barrage.

– Le père, qu'est-ce qu'il dirait ?... Sûr qu'y m'engueulerait.

Il observa encore tout autour de lui, puis remonta en ajoutant :

– Le barcot, c'est trop de risque... Et c'est pas plus facile... Avec des eaux si basses, je sais bien où elles remisent.

Il prit sur l'aire, en diagonale, et s'engagea dans le sentier qui conduit à la pointe aval de l'île. Il allait lentement, d'un pas plus souple que d'habitude, absolument silencieux sur ses pieds nus.

Arrivé à l'endroit où il amenait boire le mulet, il s'arrêta et s'accroupit à hauteur des derniers buissons. Un long moment immobile, il écouta et observa. Son visage était tendu et son regard plus vif avait, par instants, des lueurs d'intelligence. Remuant à peine les lèvres, dans un souffle, il dit :

– Sûr que ça lui ferait rudement plaisir... Pour une surprise, ça serait une surprise. Et le père, pour une occasion comme ça, y trouverait rien à redire... C'est sûr.

La Loue fumait davantage, et, déjà, de longues traînées bleutées montaient du barrage pour se coller aux rives. L'eau demeurait sombre, mais, dans ses parties les plus hautes, la nappe de brume se teintait de rose. Ici, le chant du barrage était plus présent que celui des oiseaux.

Lentement, un peu comme une souche émergeant de la vase après la décrue, Tiennot se déplia. Son dos velu demeura courbé comme si le poids de ses bras et de ses mains eût tiré son torse vers le bas. Sans faire rouler un seul galet, il avança. Lorsque ses pieds nus touchèrent l'eau, il s'arrêta le temps de regarder tout autour de lui, puis, toujours sans bruit, il continua. Lorsqu'il eut de l'eau à la ceinture, il s'accroupit et se mit à nager sur le côté. Il progressait si lentement que c'est à peine si de légères ondulations déformaient les reflets pour aller mourir dans l'ombre cendrée et silencieuse des rives.

Il avançait de biais, tirant sur l'endroit où la levée de pierre va s'appuyer à la rive gauche, sous le fouillis des saules nains qui vivent à l'ombre des grands peupliers trembles. Là, c'était encore presque la nuit. Arrivé à quelques mètres de la levée, il aspira une longue goulée d'air, et sa tête disparut. L'eau se referma. Des vagues en cercles concentriques gagnèrent le large et montèrent un peu à contre-courant pour s'éteindre à hauteur de l'île.

Il y eut un léger clapotis lorsque sa tête émergea tout près du barrage, à l'endroit où les branches de saule font voûte sur l'eau sombre. Tiennot se donna le temps de souffler, d'observer les rives, puis, se hissant sur les pierres, il sortit à moitié de l'eau. Sa main droite serrait une grosse truite à laquelle il brisa l'épine dorsale avant de la coincer sur la berge entre la terre meuble et une racine de surface.

Il plongea encore deux fois, et deux fois ce fut le même manège. Il souriait. Son visage ruisselant reflétait une grande joie. Sous la toison noire où luisaient des gouttes de lumière, sa poitrine se soulevait à un rythme accéléré.

Il se reposa quelques minutes, scruta encore les alentours, puis, engageant ses trois poissons entre son ventre et son pantalon, il se remit à l'eau pour gagner la pointe de l'île. En sortant, il riait.

– Bon Dieu, disait-il... Une à chaque coup. Je m'en doutais... Sûr qu'elle va être contente ! Ça fait une pour moi et deux pour elle.

Reprenant le sentier, il se frotta les mains, secoué à la fois par son rire et par un frisson qui l'enveloppa de la taille aux épaules.

– Le père, qu'est-ce qu'il dirait ?... À présent que le coup est fait, sûr qu'il rigolerait.

De retour, il gagna directement le jardin. Comme il passait devant l'appentis, le mulet s'ébroua, mais Tiennot ne répondit pas. Il coupa trois belles feuilles de rhubarbe et revint à la maison. Toujours avec autant de précautions, il entra dans la pièce.

Clémence était couchée en travers du lit, le bras gauche tendu dans le vide au-dessus de la ruelle. Tiennot l'observa un moment, hochant la tête et frottant l'une contre l'autre ses mains que le froid raidissait un peu. Il étala ses trois feuilles de rhubarbe sur la table, et il y posa les truites qui étaient à peu près de la même taille. Il prit deux pas de recul et inclina la tête pour juger de l'effet que pouvait produire son étalage.

– Sûr qu'elle va être surprise... Et contente !... Bon Dieu !

Il enleva son pantalon trempé, retira son couteau de sa poche et la ceinture des passants, et, tout nu, le couteau à la main, le pantalon et la ceinture sur l'avant-bras, il alla dans la pièce voisine où il enfila son gros velours, celui qu'il portait seulement par grand froid. Ensuite, après avoir encore contemplé Clémence et les truites, il prit sa chemise et sortit dans la cour.

La brume atteignait à présent le haut des rives, et, à mesure que le ciel s'éclairait, de longues vagues roses et cendrées se coulaient sous les arbres.

12

Le soleil était déjà haut dans le ciel et la brume depuis longtemps effacée des plus secrets recoins d'ombre, lorsque Tiennot entendit appeler. Il était en train de désherber l'allée du jardin. Il se redressa :

– C'est Arthur, fit-il. Y va me la réveiller.

Au lieu de répondre, il laissa tomber sa pioche et se mit à courir vers la barque. Arthur cria de nouveau. Tiennot courut plus vite, et, dès qu'il déboucha en haut de l'escalier, il se mit à gesticuler.

– Qu'est-ce que tu as, lança Arthur, t'as perdu ta langue ! Et voilà que tu fais le moulin à vent !

Tiennot qui avait détaché la barque poussa fort vers la gravière, et, dès qu'il put se faire entendre sans trop élever le ton, il dit :

– Tais-toi. Tu vas me la réveiller !

Arthur monta dans la barque en disant :

– Ben mon colon, à passé 8 heures, si elle dort encore ! Tu m'as l'air d'avoir fait une belle acquisition... Et tu dois sûrement en être fier, parce que, si j'avais pas été boire un coup chez Flavien hier au soir, je serais même pas au courant.

Le vieux ne parlait pas sur le vrai ton de la colère, mais sa voix était dure.

Ils accostèrent. Une fois en haut de l'escalier, Tiennot dit :

– J'étais après piocher l'allée.

Et il fit un mouvement du buste en direction de son jardin.

– C'est ça, dit le vieux, tu veux même pas me faire entrer.

– Ben, faut la laisser se lever, bredouilla Tiennot.

Ils allaient se diriger vers le jardin lorsque le père Poussot avisa le pantalon qui pendait au fil tendu entre deux peupliers.

– Tiens, fit-il, elle t'a lavé ton pantalon ! Ça, ce serait plutôt bon signe.

Le visage de Tiennot s'empourpra jusqu'aux oreilles et il baissa la tête. Arthur le remarqua et fit quelques pas pour voir de près le pantalon de toile. Revenant se planter devant Tiennot, il le regarda sous le nez et lança :

– Elle n'a pas dû y mettre beaucoup de savon ni beaucoup d'huile de coude. Le bas est encore plein de vase.

Tiennot, qui se tassait de plus en plus comme s'il eût espéré entrer sous terre, essaya de dire :

– C'est moi qui...

Mais les mots ne passaient pas, et, criant plus fort, le vieux l'interrompit pour lancer :

– Menteur. Tu as pêché, hein !... C'est ça, tu as pêché... Pour faire le malin. Pour lui montrer ce que tu sais faire... Pauvre gourde, quand tu seras en prison, c'est pas elle qui t'en sortira... Tu as déjà oublié ce que ton père t'a recommandé... Je sais, c'est lui qui t'a appris à pêcher. Mais sacré bon Dieu, depuis que Roubier est à la retraite, tu sais bien que le garde qui l'a remplacé est une peau de vache. Il te foutrait un coup de fusil comme de rien.

Tiennot demeurait tête basse, lançant des regards inquiets vers la maison. Enfin, il put dire :

– C'est pas pour lui montrer... Quand j'ai pêché, elle dormait.

– Et alors ?

– Je voulais lui prendre un poisson.

– Et tu en as pris ?

Il fit oui de la tête et son regard sembla hésiter entre la peur et une certaine fierté.

– Combien ? demanda le vieux.

– Trois.

– Des grosses ?

Tiennot étendit sa main gauche, et, avec le tranchant de la droite sur son poignet, il montra la longueur des truites.

– Où ça ?

Il fit un geste en direction du barrage.

– Dans le trou des Gaupes.

Le visage d'Arthur s'était détendu. Il eut un claquement de langue, puis il dit :

– Par le grand sec, c'est toujours là qu'elles sont. Sous les racines. Là où il y a une source qui sort de terre. L'eau est toujours fraîche.

Il fit une moue sans parvenir à retrouver son regard dur, et il ajouta :

– Tout de même, tu vas me promettre de pas recommencer, hein ! J'ai pas envie d'être obligé de te sortir des pattes du garde, moi. Tu ne sais pas que ça pourrait te coûter ta baraque... Si tu veux faire plaisir à ta donzelle, t'auras meilleur compte de lui payer une babiole.

Il tapa plusieurs fois sur l'épaule de Tiennot en disant :

– Grand sac, va. Grand couillon !

Rassuré, Tiennot souriait. Le vieux reprit le chemin de l'embarcadère et Tiennot le suivit. Arrivé en haut de l'escalier, Arthur eut un geste du menton en direction de la maison et il dit :

– C'est bon. Puisqu'il faut pas la réveiller, je vais m'en retourner. Mais j'étais venu te dire de nous l'amener. La Berthe veut que vous veniez manger avec nous à midi.

Comme Tiennot levait la main et faisait non de la tête, le vieux ajouta :

– Si, si, elle y tient. Et puis, faut bien que tu lui montres un peu le pays, à cette bonne femme.

Il avança le pied comme pour descendre, puis, se retournant soudain, il regarda Tiennot dans les yeux et, à mi-voix, il dit :

– J'espère tout de même que t'as pas passé ta nuit sous l'appentis, avec ta Miaule.

La couleur que prit soudain le visage de Tiennot dut le rassurer. Il se mit à rire en descendant vers le bateau, et il dit :

– Tout de même, t'auras pas perdu de temps. Et toi qui pouvais pas souffrir le Flavien, ça doit te donner à réfléchir.

Ils traversèrent. En débarquant, le vieux renouvela encore son invitation, puis, comme Tiennot faisait déjà virer la barque, il lui cria :

– Avec ce temps, ça va sécher vite... T'as de la chance, parce que ton gros velours, si tu le gardes un peu, t'auras pas besoin de te foutre à la Loue pour le mouiller. Ça va encore taper dur aujourd'hui.

13

De retour dans l'île, Tiennot remarqua tout de suite que la porte de la maison était ouverte. Il traversa la cour où le soleil donnait à plein, et il entra.

Clémence était déjà habillée. Assise à sa place, elle le regarda, bâilla longuement et dit :

– Bonjour.

– Bonjour... fit-il. T'as bien dormi ?

– Ce que tu peux ronfler, mon vieux !

Tiennot la regardait, puis regardait les truites sur lesquelles s'agglutinaient déjà les mouches. Il les chassa de la main.

– C'est ce type qui gueulait tant, qui t'a apporté ça ? demanda-t-elle.

Il fit non de la tête, mais Clémence qui bâillait de nouveau ne le regardait pas.

– J'ai pas trouvé le moulin à café, dit-elle.

Il s'empressa de sortir du placard un vieux moulin à manivelle en faisant observer qu'il n'était pas caché. Clémence le regarda, l'air étonné, puis elle eut un hochement de tête pour dire :

– Ben mon vieux, t'as même pas un moulin électrique. Ça vaut pourtant pas une fortune.

– T'inquiète pas. Je vais moudre. J'ai l'habitude.

Il demeura pourtant devant la table, le moulin à la main, regardant toujours ses trois truites et continuant de chasser les mouches.

– Qu'est-ce que t'attends ? demanda Clémence. Moi, tu sais, tant que j'ai pas mon jus, je suis bonne à rien.

66

Il se balança d'un pied sur l'autre, avança plusieurs fois le menton à la manière d'une poule avalant un ver, puis il se décida :

– Les truites, c'est pas Arthur qui les a apportées... C'est moi qui les ai pêchées ce matin... C'est pour toi.

Elle fit la grimace et grogna :

– Moi, ce poisson-là, je cours pas après. Y a trop d'arêtes. Je m'étrangle tout le temps. J'aime mieux une boîte de thon.

Comme Tiennot demeurait inerte, son moulin au bout du bras, elle le regarda, l'air étonné, puis elle demanda :

– Qu'est-ce que t'as ? On dirait que tu vas te mettre à chialer.

Tiennot semblait absent. Ses yeux fixaient à ses pieds un carreau ébréché, sa tête s'était inclinée, sa lèvre inférieure pendait, découvrant sa langue épaisse. Clémence haussa les épaules, puis, se levant lourdement, elle vint vers lui et voulut prendre le moulin.

– Donne. Si je veux mon jus aujourd'hui, j'ai intérêt à le moudre.

Sortant soudain de sa torpeur, il la repoussa presque brutalement, grogna quelque chose qu'elle ne put comprendre et se dirigea vers le placard où il prit la vieille boîte en fer contenant le café.

– Dis donc, fit-elle, si t'es mal luné, j'y suis pour rien. Qu'est-ce qu'il avait à t'engueuler, ce bonhomme ? C'est pour ça que t'es en rogne ?

Les mains de Tiennot tremblaient tellement qu'il fit tomber la moitié du café sur la table. Quelques grains roulèrent sur le carrelage. Le moulin plein, il s'assit sur sa chaise, le prit entre ses cuisses et se mit à tourner la manivelle le plus vite qu'il put. Les dents serrées sur sa colère, le regard rivé à son travail, il ne s'occupait plus de Clémence qui allumait la cuisinière et mettait la bouilloire sur le feu.

Quand il posa le moulin sur la table, elle le devança pour verser la poudre dans le filtre. Elle eut un petit rire en disant :

– Laisse. T'es trop énervé, t'en foutrais la moitié à côté.

Il se leva, marcha jusqu'à la porte, fit demi-tour, alla jusqu'au lit défait qui portait encore l'empreinte du corps de Clémence et de sa tête sur le traversin. Cette vue sembla le calmer un peu. Revenant plus lentement à la table, il dit :

– L'Arthur Poussot, c'est un ami... C'est chez eux que je suis resté, quand mon père était déporté... Il est pas venu pour m'engueuler. Il est venu pour me dire d'aller manger à midi... Nous deux... C'est la Berthe qui l'a dit.

Il marqua une hésitation, puis, mettant les trois poissons ensemble, il les enveloppa dans les larges feuilles de rhubarbe en ajoutant :

– La truite, si t'aimes pas ça, ils seront bien contents de les manger, eux. T'inquiète pas. Y vont pas tordre le nez dessus.

Et il emporta ses poissons, pour les nettoyer dehors avant de les mettre au frais.

14

Clémence et Tiennot traversèrent sur le coup de 11 heures.

Le soleil donnait dur, mais un petit vent d'est assez haut perché commençait à faire frissonner la cime des peupliers. De loin en loin, il laissait tomber une caresse tiède jusque sur l'eau de la retenue où couraient alors de longs frissons d'un bleu lumineux et argenté.

À l'entrée du village, ils s'arrêtèrent chez les Poussot le temps que Clémence fasse connaissance avec Berthe et Arthur. Tiennot donna ses truites roulées dans les feuilles de rhubarbe et enveloppées dans un journal. Berthe remarqua :

– Y en a que trois, mais ça fait rien, c'est des belles, on partagera.

– Que non, fit Tiennot avec un balancement de tête en direction de Clémence, elle, elle les aime pas.

Le visage du vieux se rida jusqu'aux oreilles. Son œil vif s'alluma tandis que partait un petit rire de tête tout roulé dans les aigus.

– Ça alors, fit-il. Celle-là, elle est bien bonne !

Tiennot parut tout d'abord décontenancé. Il regarda les deux femmes gagnées par la gaieté d'Arthur, et il finit par se mettre à rire lui aussi.

Ils laissèrent la Berthe à sa cuisine et s'en furent tous trois faire un tour de village. Chaque fois qu'ils rencontraient quelqu'un, Arthur se chargeait des présentations.

– C'est Clémence. C'est une demoiselle Lecoutre. C'est la fiancée de notre Tiennot. Ses parents sont dans le commerce, de l'autre côté de Dole.

Les gens répondaient par des compliments, détaillant Clémence de la tête aux pieds.

L'épicerie – cabine téléphonique – bureau de tabac – dépôt de pain et de journaux – était tenue par la Line Chevassus, petite vieille raide et sèche comme un coup de trique et dont le visage n'était qu'un entrelacs de rides. Elle examina Clémence comme font les maquignons sur le foirail pour les bêtes douteuses. Elle alla jusqu'à lui tâter le bras du bout de ses doigts maigres et déformés, puis, d'une voix qui grelottait dans la peau trop lâche de son cou, elle déclara :

– C'est bon, mon Tiennot, tu t'es pas fait voler. Elle m'a l'air solide et pas trop fière.

– C'est sûr, fit Tiennot avec orgueil... Et son père, il était aussi dans la Résistance.

Le grelot monta d'un ton et s'énerva un peu dans un ricanement curieux tandis que, s'adressant surtout à Arthur, l'épicière lançait :

– Ça ne veut rien dire. J'en connais qui y étaient aussi et qui ont des filles pas seulement fichues d'éplucher des patates !

Tiennot acheta une miche de quatre livres qu'il prit sous son bras, puis, ayant encore parlé de la sécheresse, ils quittèrent l'épicerie pour s'en aller saluer le forgeron qui leur proposa l'apéritif. Ils allèrent le boire chez Flavien où il n'était pas nécessaire de présenter Clémence. Comme le cafetier offrit une tournée et que Tiennot tenait absolument à payer la sienne, ils burent trois verres. Le père Poussot raconta l'histoire des truites qui fit lever un grand rire. Clémence ne soufflait mot, et Tiennot ne trouvait jamais le temps d'aller au bout des phrases qu'il entreprenait. Alors qu'ils s'apprêtaient à sortir, après avoir beaucoup hésité, Tiennot revint sur ses pas et dit au cafetier :

– Viens jusqu'à la cuisine.

Flavien fit un signe à sa femme qui rejoignit les autres sur le seuil, puis il précéda Tiennot qui montrait un air de grand mystère. Une fois seuls, le cafetier demanda :

– Alors, t'es content, ça fonctionne ?

Tiennot baissa la tête, rouge jusqu'aux oreilles.

– Qu'est-ce que tu veux encore ? demanda Flavien.

– Ben voilà, je voudrais lui faire plaisir.

– C'est bien la moindre des choses... Alors, parle.

– Quand t'iras à Dole, faudrait m'apporter un moulin à café électrique.

– Mais bien sûr, c'est pas difficile.

Tiennot paraissait embarrassé. Il fit un pas vers la salle de café, puis s'arrêta pour demander :

– Ça va chercher dans les combien ?

L'autre lui tapa sur l'épaule en disant :

– Je saurais pas te dire au juste, mais c'est pas cher. Te fais pas de souci.

Le repas se passa fort bien. Berthe avait fait un gros ragoût de mouton et Clémence, qui ne mangeait pas de truites, en prit trois assiettées. Ils avaient commencé par de la salade de tomates et finirent par le fromage et une tarte.

L'après-midi, lorsqu'ils furent de retour dans l'île, Tiennot dit :

– Si tu veux, je vais te montrer les terres que j'ai de l'autre côté de la Loue.

– C'est loin ?

– Avec les eaux basses, on passe à pied sec. Après, faut marcher une petite demi-heure.

– Tu parles, avec cette chaleur... J'ai bien le temps de les voir un autre jour, tes terres.

Tiennot parut déçu. Il réfléchit un moment, puis il annonça qu'il allait continuer de désherber son allée.

– C'est ça, dit-elle. Moi, je vais récurer ici. Ça m'a l'air d'en avoir sacrément besoin.

– Y a eu la mort du père. Autrement, faut pas croire, j'ai toujours tenu propre.

Il sortit, fit quelques pas en direction du jardin, puis, revenant jusqu'au seuil, il dit :

– Un jour qu'il fera moins chaud, je t'emmènerai au cimetière... Le père, ça lui fera plaisir.

Clémence, qui fourrageait sous l'évier où étaient empilés des seaux et des bassines, se retourna et le regarda d'un œil surpris. Elle eut un haussement d'épaules, puis, levant à bout de bras dans sa direction ce qui avait dû être une serpillière, elle demanda :

– T'en as pas d'autre ?

– Non.

– C'est bon. Je laverai avec les trous, ça l'usera moins.

Tiennot regagna son allée, et l'après-midi se mit à couler lentement dans le vent tiède qui s'essoufflait vite et marquait souvent la pause.

Et puis, d'autres journées coulèrent aussi, avec des alternances de temps étouffant et de souffles venus des montagnes, mais qui avaient trop traînassé en chemin pour apporter vraiment de la fraîcheur.

Les nuits aussi étaient chaudes. Pour Tiennot, toutes commençaient de la même manière, dans ce lit où il se donnait du plaisir. Ses grosses mains râpeuses avaient appris peu à peu à mesurer leurs gestes. Il n'avait pas encore découvert ce que sont les caresses, mais déjà, il avait cessé de pétrir comme de la pâte à pain la chair tiède et moite de Clémence. Elle ne disait plus : « Tu me fais mal », mais elle lui reprochait encore de prendre son plaisir trop vite et sans se soucier d'elle.

Clémence s'était mise à l'ouvrage. Elle faisait tout avec lenteur, mais, entre la cuisine, un coup de balai, la vaisselle, un peu de lessive et l'arrosage, il lui restait de longs moments de vide. Elle s'asseyait alors soit sur une chaise dans la maison, soit sur le banc de pierre contre la façade, et elle demeurait immobile, le regard perdu, le visage sans expression.

Presque chaque jour, Tiennot se rendait au village où il portait des légumes et des œufs. Il les déposait chez l'épicière qui les vendait aux gens de la ville venus là passer leurs vacances. Clémence l'avait accompagné deux fois, mais, comme le pays n'offrait aucune distraction et qu'elle ne se sentait pas tranquille dans la barque, elle préférait rester sur l'île, bien au frais dans la cuisine. Sur sa demande, Tiennot lui avait acheté quelques journaux féminins qu'elle feuilletait sans les lire.

Un soir, Tiennot arriva en courant, tout essoufflé et le visage en sueur. Il tenait à deux mains, serré contre sa poitrine, un petit carton rectangulaire qu'il posa en disant :

– Tiens... Regarde voir un peu ce que j'ai trouvé en route.

– Ce que t'as trouvé ? fit-elle.

– Ma foi oui, regarde. C'est quelqu'un qui l'aura perdu.

Et il riait d'un petit rire malin.

Clémence coupa la ficelle et ouvrit le carton d'où elle sortit un moulin à café électrique.

– Trouvé, fit-elle. Tu parles, ça m'étonnerait.

– Sûr que non... Tout de même c'est un cadeau que je te fais.

Il n'y eut même pas un reflet de satisfaction sur le visage de Clémence qui dit simplement :

– C'est pas du luxe... Faut vraiment venir dans ce trou, pour voir ça.

Déçu, Tiennot avait laissé sa lippe éteindre son sourire, et il s'en était allé soigner son mulet à qui il confia :

– Tu sais, ma Miaule, la Clémence, faut la comprendre... Le père le disait : « Les femmes, c'est pas toujours facile... » Et avec ça qu'elle aime pas se sentir toute seule ici... Et qu'elle veut pas traverser... Cet hiver, quand faudra s'en aller au bois, nous deux, qu'est-ce qu'elle va nous chanter !

Le deuxième dimanche qui suivit l'arrivée de Clémence, Tiennot proposa d'aller renquiller chez Flavien. La fille eut un haussement d'épaules et grommela :

– Allons toujours. Ça nous changera les idées... Foutu trou de merde !

Ils traversèrent vers le milieu de la matinée pour être rendus au moment de la sortie de la messe. La femme du cafetier prêta un tablier bleu et blanc à Clémence et commença de lui enseigner l'art de verser l'apéritif tandis que Tiennot allait mettre les quilles en place. Il était entendu que Clémence servirait les joueurs dans la cour.

Tout se passa bien, l'apéritif, le repas de midi suivi de deux bonnes heures de calme dues à la grosse chaleur, puis, ce fut de nouveau le coup de feu, avec le retour des joueurs et l'arrivée d'une bande de jeunes d'un village voisin. Ceux-là, Tiennot les regarda tout de suite d'un mauvais œil, car, dès leur entrée, ils se mirent à appeler Clémence la Dondon.

Tout en continuant de remettre les quilles à leur place et à renvoyer les boules, Tiennot s'efforçait de les surveiller. Bien entendu, comme il avait déjà peine à faire une seule chose convenablement, il se mit à rembouler trop fort et à poser les quilles n'importe comment. Et les joueurs lui crièrent :

– Oh ! l'amoureux, arrête de zieuter ta bonne amie, y vont pas te la prendre !

Le visage contracté de Tiennot et le tremblement de ses mains témoignaient de l'effort qu'il faisait pour maîtriser sa colère. Cependant, un garçon se mit à rire en disant :

– C'est la môme à Tiennot... Vingt dieux, il a de quoi faire du côté des nichons, le gars !

Et, comme il élevait la main pour toucher la poitrine de Clémence, Tiennot cessa de se dominer. D'un coup, il fut la bête. Le taureau qui fonce et que rien ne saurait arrêter. Enjambant la cloison de planches du jeu de quilles, il fut tout de suite sur le garçon qui eut le tort de lui lancer au visage le contenu de son verre. La bière glacée tira un rugissement de la gorge de Tiennot, mais elle n'arrêta pas son élan. L'autre tenta de filer, mais, gêné par un banc et des chaises, il ne put que se mettre en garde, le visage soudain blême.

Mais Tiennot, qui ne s'était jamais battu, ignorait les coups. Il empoigna ce qui se présentait, c'est-à-dire un bras et les cheveux fort longs du garçon qu'il souleva de terre pour l'étendre sur la table, parmi les verres brisés et les bouteilles renversées. Il ne parlait pas, il rugissait. Il ne frappait pas, il appuyait de toute sa force que décuplait sa rage.

Il fallut cinq paysans solides, le forgeron et le cafetier pour lui faire lâcher prise.

Coupé par les éclats de verre, l'autre saignait du dos et des fesses. Des femmes le conduisirent à la cuisine pour désinfecter les plaies et faire des pansements, tandis que, sur la terrasse, les gens du village s'efforçaient de calmer Tiennot.

Vidé de sa colère, pantelant sur une chaise, le corps secoué de frissons qui ressemblaient parfois à des sanglots, le malheureux répétait :

– Bon Dieu... J' l'aurais écrasé... Mais qu'est-ce qu'il aurait dit, le père... Qu'est-ce qu'il aurait dit ?

Clémence se tenait à distance, à la fois effrayée et pleine de fierté. Au père Poussot qui s'approchait d'elle pour la rassurer, elle dit simplement :

– Je savais qu'il était costaud, mais comme ça, j'aurais pas cru.

15

Durant les jours qui suivirent ce dimanche, le comportement de Clémence se modifia légèrement. Elle s'adressait à Tiennot avec moins de mépris, et, la nuit, lorsqu'il la prenait avec un peu trop de fougue, elle ne l'accusait plus de lui faire mal, mais, dans une plainte, elle soufflait parfois :

– Bonsoir... T'es un homme, toi. T'es un homme...

Mais, dans ces moments-là, Tiennot n'entendait absolument rien.

Et puis, à mesure que passaient les journées et que l'ennui revenait pour Clémence, elle se remit à geindre sur cette solitude de l'île, sur la chaleur qui lui paraissait plus lourde ici que sur tout le reste du pays. Elle besognait tout de même, par habitude, faisant juste ce qu'il lui semblait naturel de faire pour que la maison ne soit pas trop sale et que les repas soient prêts à l'heure.

Quant à Tiennot, il allait son train, usant de sa force comme il l'avait toujours fait, sans hâte, sans penser jamais ni à la fatigue ni à la morsure du soleil sur sa peau recuite. Un jour qu'il avait arraché une planche de haricots, il voulut retourner la terre libérée et dit à Clémence :

– Avec le père, je tirais cette charrue, et c'est lui qui menait... Toi, tu vas mener, c'est pas dur.

– J'ai jamais fait ça... Et j'ai même jamais vu un homme tirer une charrue. Pourquoi que tu attelles pas ta Miaule ?

– Ça perdrait trop de terrain pour la faire tourner.

Il mit la petite araire en place. C'était un outil léger, sans coutre, avec seulement des mancherons de frêne, un soc bien pointu et un petit versoir. Une courroie était fixée à la pointe de la pièce de bois où se trouvaient emboîtés les mancherons. Tiennot expliqua ce qu'il fallait faire, puis,

74

passant la courroie sur son épaule droite, il se mit à tirer. Le soc souleva un peu de terre et sortit aussitôt. La charrue avança d'un coup et Tiennot faillit s'étaler. Furieux, il se retourna en hurlant :

– Bon Dieu... Mais fais rentrer le nez... Appuie !

La colère le faisait bégayer. Ils recommencèrent, mais, cette fois, piquant du nez, l'araire se bloqua et Clémence lâcha les mancherons qui montèrent à la verticale avant de verser sur le côté.

Tiennot se mit à jurer, gesticulant, le visage cramoisi et les yeux exorbités. Comme il marchait vers Clémence, elle prit peur, et, se sauvant à toutes jambes, elle alla s'enfermer dans la cuisine.

Sa colère tombée, Tiennot, soudain saisi de frayeur, était venu se blottir dans l'encoignure de la porte. Paralysé, muet de longues minutes, il avait fini par gratter doucement le bois en pleurnichant comme un chiot perdu. Clémence qui sanglotait, les coudes sur la table et la tête dans ses mains, n'avait pas bronché. Elle ne s'était décidée à ouvrir qu'après avoir vu le visage pitoyable de Tiennot collé à la vitre sale. Il était entré, elle l'avait obligé à se moucher et à s'essuyer, puis elle avait dit calmement :

– De toute façon, après les deux mois que t'as payés, je m'en irai.

Tiennot avait pleuré et supplié. À la fin, elle avait dit :

– Je m'ennuie. Je voudrais bien une télévision.

Et Tiennot avait promis.

Depuis, elle en avait reparlé deux ou trois fois, et les choses allaient tant bien que mal. Tiennot ne lui demandait plus de l'aider. Elle n'avait à s'occuper que de la maison. Même la cueillette des légumes, il la faisait seul. Ses légumes et les œufs des poules constituaient d'ailleurs sa seule source de revenus, car, depuis que Clémence était avec lui, il refusait d'aller travailler au-dehors. Ses seules sorties étaient pour porter sa récolte à l'épicerie.

Ils arrivèrent ainsi, un jour poussant une nuit, à la deuxième semaine de septembre. Tiennot, qui était allé au village la veille au soir, en était revenu avec des airs de mystère. La tête inclinée sur l'épaule, le regard sans cesse fuyant, il avait passé une bonne partie de la soirée à se frotter les mains en grognant doucement.

75

Le lendemain matin, il fut debout bien avant que ne le tire du lit la sonnerie du réveil. (Presque aussi tôt que le jour où il avait pêché les truites.)

Il se leva, alla soigner ses bêtes, marcha jusqu'à l'embarcadère, revint à la maison, repartit au jardin, travailla un petit quart d'heure et finit par revenir dans la pièce où Clémence dormait, le nez au mur.

Il la contempla longtemps avec des sourires et des hochements de tête. D'une voix à peine audible, il murmura :

– Tu vas voir ça... Pour une surprise, ça va être une surprise !

Il fit encore de nombreux aller et retour jusqu'à l'escalier qui conduit à la barque, observant la rive, puis lorsqu'il entendit sonner 6 heures au clocher, n'y tenant plus, il revint à la maison où il se mit à moudre le café. Dans le lit, Clémence se souleva sur un coude et demanda, les yeux à peine entrouverts :

– Quelle heure c'est donc ?

– 6 heures.

– T'es pas malade, non ?... Arrête ton boucan.

– Faut que tu te lèves.

– À 6 heures ? T'es malade, non ! Si encore tu me laissais roupiller le soir, de temps en temps.

– Faut que tu te lèves... Y va venir quelqu'un.

– À pareille heure ?

– Bientôt.

– Qui c'est ?

– Tu verras bien.

Il avait fini de moudre et se mit à verser la poudre. Sur le feu qu'il avait allumé depuis un moment, l'eau chantait dans la vieille bouilloire.

Un peu mieux réveillée, Clémence s'assit au bord du lit, sa chemise de nuit remontée jusqu'au milieu des cuisses et découvrant ses jambes brunes des chevilles aux genoux. Elle se gratta longuement la tête à deux mains, puis, s'étant levée, elle partit en direction de l'appentis après avoir dit calmement :

– Ce que t'es chiant, tout de même !

Tout occupé à verser l'eau sur le café, le dos tourné à la porte, Tiennot ne l'avait pas vue sortir. Lorsqu'elle revint et que la forme de son corps sous le tissu transparent se dessina dans l'embrasure de la porte, il dit :

– Tu devrais pas sortir comme ça, si on te voyait.

– Qui donc ?

– Tu verras.

– Parce que t'attends quelqu'un, faudrait que je me passe d'aller pisser ! C'est déjà pas marrant cette baraque sans chiottes, mais si on peut plus aller pisser près des bêtes, à présent, c'est le bouquet !

Tiennot souriait. Il se tenait debout entre le fourneau et la table sur laquelle il avait posé deux bols, le pain, le sucre et des cuillers. Il se balançait lentement de droite à gauche sans décoller les pieds du sol. Ses grosses mains se joignaient parfois pour se frotter un peu avec un bruit de râpe.

De temps à autre, il tournait la tête vers la fenêtre ou s'approchait de la porte pour écouter. À mesure que l'heure avançait, sa fébrilité grandissait. Dès 7 heures, comme Clémence se mettait à faire le lit et le ménage, il s'en fut s'asseoir à la pointe de sa barque. Là, en plein soleil, le regard brûlé par les reflets de la rivière, il se mit à fixer le haut du chemin qui partait de l'autre rive. Il demeura ainsi plus d'une heure, puis, sans rien dire à Clémence, il traversa, laissa le bateau sur la gravière et monta pour s'arrêter à l'ombre d'un frêne, à mi-chemin du village.

Son attente se prolongea jusqu'au milieu de la matinée. Plus de vingt fois il descendit jusqu'à la rive, regarda du côté de la maison pour remonter sous le frêne. Chaque fois, il disait :

– Peut pas arriver par l'autre rive, y a pas de chemin... Bon Dieu, mais qu'est-ce qu'y fait ?... Est-ce que le Flavien se serait trompé... Des fois qu'il ait pas dit la bonne adresse... Ou un autre jour... Ou qu'ils aient eu un accident...

Enfin, passé la demie de 10 heures, une petite fourgonnette beige sortit du village et s'engagea sur le chemin en cahotant. Une échelle double était ficelée sur son toit. Le pare-brise lançait par moments des éclats de lumière éblouissants.

– C'est eux... Ça peut pas être autre chose, dit Tiennot en trépignant et en agitant les mains.

La voiture s'arrêta à sa hauteur et le conducteur qui était un homme brun et sec d'une trentaine d'années demanda :

– Chez M. Biard, c'est par là ?

– C'est, c'est moi...

– Vous m'attendiez ?

Il fit oui de la tête, la gorge serrée.

– Excusez-moi, j'ai été retardé.

– Ça fait rien, réussit à articuler Tiennot.

– Vous voulez monter, le gamin va se serrer.

Il n'y avait guère qu'une centaine de mètres à faire, mais Tiennot ne refusa pas. Ils se tassèrent un peu, et la fourgonnette se remit à tanguer dans les ornières.

– Y doit passer que des tracteurs, par là, dit l'homme.

– C'est sûr.

Il arrêta sa voiture à l'ombre du dernier frêne, tout près de la gravière où la barque attendait. Ils descendirent, et, comme l'apprenti s'apprêtait à détacher l'échelle, le patron demanda :

– Vous avez peut-être ce qu'il faut pour monter sur votre toit ?

– C'est sûr.

Ils portèrent seulement un gros carton, un autre long et étroit, une caisse à outils et un petit escabeau de métal.

Tiennot, à qui l'homme avait confié un rouleau de câble blanc, le tenait religieusement à deux mains. Pour la traversée, il le posa bien au sec à la pointe de la barque. Le gros carton était sur le caisson de poupe et les deux hommes assis au banc de nage. Tiennot poussait lentement sur sa perche, surveillant le gros carton. Il aborda en douceur et maintint le bateau le long de la rive tandis que les deux hommes déchargeaient leur matériel. Quand ils descendirent le carton, il ne put se retenir de dire entre ses dents serrées :

– Attention... Attention !

Sur le carton, il y avait une grosse inscription : Philips, et, en lettres plus épaisses encore : Haut et Bas.

Quand ils entrèrent dans la pièce, Clémence les regarda, l'air inquiet. Elle venait de passer la serpillière et les carrelages luisaient encore.

Le patron posa le gros carton sur la table et il l'ouvrit en faisant craquer l'adhésif. Tiennot tournait autour, effectuant

une espèce de danse des ours et poussant de petits gloussements. L'apprenti, qui devait avoir une quinzaine d'années,
l'observait avec beaucoup de curiosité. Mais Tiennot n'avait
d'yeux que pour Clémence et ce qui allait sortir du carton.

Lorsque le poste de télévision apparut, dépouillé de son
emballage, Tiennot cessa brusquement de danser et de
glousser.

– J'espère que c'est bien ce modèle, dit l'homme. C'est
celui qui était coché sur le dépliant que M. Cuisey m'a
apporté.

Tiennot ne put que hocher la tête. Et Clémence dit :

– Il est joli. Il y a les deux chaînes ?

– Bien entendu, et la possibilité de prendre la troisième
quand il y aura un relais sur la région.

L'homme fit des yeux le tour de la pièce et demanda :

– Où voulez-vous le mettre ?

Tiennot sembla soudain complètement désemparé. Il se
remit à tourner en levant les mains et en les laissant retomber d'un air de grand désespoir. Calmement, Clémence dit
en montrant un angle :

– Là, y sera bien.

Puis, se tournant vers Tiennot :

– Tu vas aller chercher les deux caisses à pommes qui
sont à côté, on le posera dessus.

Tiennot se reprit, et, tandis qu'il sortait pour gagner la
pièce voisine, Clémence eut un balancement de la tête et un
geste las en disant :

– Faut tout lui dire... Tout de même, pendant qu'il y était,
il aurait pu commander une table !

16

Le récepteur de télévision fonctionnait du matin au soir.
Même lorsqu'il ne diffusait que la grille et un programme
de radio, Clémence le laissait allumé. Timidement, Tiennot
demandait parfois :

– Tu crois que ça va pas l'user ?

Elle haussait les épaules et ricanait :

– Si c'est pour pas s'en servir, t'avais qu'à le laisser chez le marchand.

L'après-midi, Clémence passait le plus clair de son temps à regarder les émissions, et Tiennot semblait y prendre aussi un certain plaisir. Il avait de gros rires ou de petits gloussements. Il avait du mal à s'arracher à sa chaise pour faire sa besogne. Souvent, il répétait dix fois :

– Faut que j'aille... L'ouvrage se fait pas... Les bêtes, elles ont faim... Le jardin, il a soif... Faut que j'aille.

Agacée, Clémence criait :

– Mais va donc, et nous emmerde pas tout le temps !

Ils ne se couchaient jamais avant la fin des programmes, si bien que le matin, Tiennot éprouvait du mal à se lever. Au cours de la soirée, il arrivait que Clémence passât sans arrêt d'une chaîne à l'autre, et Tiennot ne pouvait s'empêcher de dire :

– Tu finiras par l'abîmer.

– Mais non. C'est fait pour ça. À quoi que ça servirait de mettre des boutons si on pouvait pas appuyer dessus ?

Certains soirs, rien ne lui plaisait. Alors, elle criait :

– Y nous emmerdent, ces cons. Au prix où c'est, on pourrait avoir des films... Encore des types qui ont écrit des livres, ce qu'on s'en fout, de ce qu'y peuvent raconter.

– Mais tais-toi donc ! Laisse-moi écouter.

Clémence se mettait à rire.

– Pauvre mec, disait-elle, écouter, comme si tu pouvais y comprendre quelque chose.

– Autant que toi, oui !

– Ben justement, ça veut dire rien du tout.

Lors de la livraison, Tiennot avait versé ce qu'il pouvait et, pour le reste, il avait signé des traites mensuelles. Afin d'être en mesure de payer, il dut accepter du travail chez les autres. Il s'y rendait le matin, s'efforçant d'être toujours à la maison l'après-midi pour regarder le poste.

Un jour qu'il revenait de curer une mare, il trouva Clémence qui l'attendait dans la cour l'air furieux. Dès qu'il eut débarqué, elle se mit à crier :

– Je veux m'en aller... Je veux pas vivre dans cette putain de baraque pleine de vipères... J'ai pas envie de crever d'une piqûre !

80

Ébahi par ses cris, Tiennot demeura un moment la bouche ouverte, les bras ballants à la regarder et à l'écouter. Rouge de colère, elle gesticulait en répétant qu'elle allait faire sa valise et qu'elle ne resterait pas une minute de plus dans cette île.

– Seulement, avant, faut que tu me tues cette saloperie !... Tu entends, va me la tuer.

Tiennot laissa passer un moment avant de dire gravement :

– Une vipère, ça m'étonnerait. Ici, on n'en voit jamais. Le père le disait !

– Je te dis que c'en est une, et énorme, encore !

Tiennot se dirigea vers la porte ; comme il entrait, Clémence hurla :

– Prends un bâton !

– Tu parles, fit-il.

Il fourragea un moment dans la pièce et finit par trouver une couleuvre grosse comme son petit doigt et longue d'une vingtaine de centimètres qui s'était réfugiée sous l'évier. Il l'empoigna et sortit en riant.

– Une vipère, tu parles, c'est un gicle. Et tout petit encore.

– Lâche ça, imbécile, tu vas te faire piquer ! braillait Clémence.

– Mais ça pique pas.

– Tue-moi ça !

– Sûr que je vais le tuer, tiens, regarde.

Empoignant la tête du reptile entre son pouce et son index, il serra très fort et fit craquer les os. Il riait tandis que la bête gigotait, suspendue à sa tête broyée.

– Tu vas voir les poules, fit-il, si elles vont se régaler.

Le danger écarté, Clémence s'approcha, observa un instant l'animal à l'agonie et, l'œil soudain allumé d'une mauvaise joie, elle dit :

– Faut leur donner tant qu'elle bouge encore, ça sera plus marrant.

Elle accompagna Tiennot dans l'appentis où il souleva la porte de grillage et jeta le serpent aux poules. Le spectacle dura une dizaine de minutes. Déchiré, tronçonné, tiré par dix becs à la fois, le reptile n'était plus qu'une bouillie sanglante qu'il se débattait encore. Clémence se tenait serrée

81

contre Tiennot, la main crispée à son bras, ses ongles pénétrant sa chair. Lorsque ce fut terminé, elle le regarda et dit :

– Tout de même, lui écraser la tête avec tes doigts, t'as pas peur.

Très fier, Tiennot souriait, la tête inclinée sur l'épaule.

– Et des vipères, demanda-t-elle, t'es sûr qu'il en vient jamais ?

– C'est sûr, affirma-t-il. Il en vient jamais.

Cet après-midi-là, dès qu'ils eurent mangé, au lieu de s'installer devant la télévision, Clémence se dirigea vers le lit et dit :

– Viens, j'ai envie.

Tiennot, qui n'avait jamais eu l'idée de se coucher en plein jour, fut tout d'abord surpris, mais, ayant fermé la porte, il la rejoignit.

Lorsqu'ils se levèrent, sur le coup des 4 heures, de lourds nuages noirs frangés de blanc s'avançaient, poussés de l'ouest par un gros vent tiède.

– Tu vois, dit Tiennot, ce serpent, c'est pour ça qu'il est entré ici. Y sentait venir la pluie.

La nuit se fit plus tôt que d'habitude, et, dans un crépuscule couleur d'hiver, une pluie serrée et lardée de rafales aiguës se mit à tomber. Une épaisse odeur de terre et de feuilles mouillées envahit aussitôt la maison.

– C'est une bonne chose, fit Tiennot. Ce soir, j'aurai pas besoin d'arroser... La terre avait soif. C'est sûr.

La pluie se fit régulière au cours de la nuit et, dès le lendemain matin, on sentit qu'elle s'était installée pour durer.

Comme tous les travaux que Tiennot avait à faire pour les autres étaient des besognes d'extérieur, il fut contraint de rester à la maison.

Assis devant le poste, un coude sur la table, il lui arrivait de s'endormir. Quand il se mettait à ronfler trop fort, Clémence le secouait pour le faire taire.

– Tu t'intéresses à rien, disait-elle.

Ils eurent quelques disputes parce que Tiennot s'inquiétait en parlant du jour où arriverait la première échéance.

– Si ce temps continue, disait-il, je sais pas avec quoi je vais payer.

– Tu pourras demander à ton ami Poussot.

Là, Tiennot s'emportait. Bégayant de colère et bavant un peu, il frappait la table du poing en disant qu'il préférait rendre le poste.

– Si tu crois qu'on te rendra tes sous, tu te fais des idées.

S'il criait trop fort, Clémence disait :

– Gueule encore, et je fous le camp tout de suite.

Une seule fois, il avait essayé de dire :

– T'as pas le droit... J'ai payé deux mois.

Aussitôt, Clémence était allée tirer sa valise de dessous le lit en disant :

– Tu vas voir, si j'ai pas le droit ! Est-ce que t'as seulement un papier ?

Depuis, il ne proférait plus de menaces. Il se bornait à regarder la pluie qui ne cessait de tomber que durant une heure ou deux, pour repartir de plus belle.

Le niveau de la Loue avait monté, et l'île aux Biard était redevenue une île.

Depuis la fenêtre, on voyait rouler le flot jaunâtre et la barque tirer sur sa chaîne attachée au plus haut piquet de la main courante. Le bruit du barrage se confondait avec celui de l'averse et du vent qui malmenait les peupliers.

Il faisait beaucoup moins chaud, et Tiennot allait chaque jour chercher une panière de bois sous l'appentis.

Quand il se trouvait devant la pile, il disait au mulet :

– Ma vieille, si la Clémence a besoin de feu en plein septembre, je sais pas où on va trouver du bois pour l'hiver.

À présent, lorsqu'il devait passer, Tiennot ne pouvait plus se servir de la perche. Il avait remis les rames aux tolets, et il souquait ferme contre le courant, les pieds bien calés à la courbe, le nez du bateau toujours à la lève.

Un matin qu'il ne pleuvait pas, Clémence vint jusqu'à la rive. Elle l'avait regardé traverser pour aller chercher du pain et du vin. Lorsqu'il rentra, elle lui dit :

– Mon vieux, tu me feras jamais passer par un temps pareil. Faut être cinglé pour se risquer sur ce bouillon, et juste au-dessus d'un barrage, encore.

– Avec moi, dit fièrement Tiennot, tu risques rien.

– Je m'en fous, tu me feras pas mettre les pieds dans ton barlu avec une eau pareille.

Tiennot sembla s'enfermer dans des réflexions laborieuses, puis, presque timidement, il dit :

– Tu sais, ça peut durer un bout de temps.

– Je m'en fous, lança Clémence qui activait le feu sous une fricassée de pommes de terre.

Tiennot la regarda un moment en silence, puis, pris soudain d'un petit rire nerveux, il dit :

– Comme ça, te voilà obligée de rester... Tu peux plus t'en aller.

D'abord surprise, la fille se retourna, son pique-feu à la main. Tiennot qui riait toujours répéta :

– Te voilà bien prise, ma vieille...

Une lueur de rage flamba dans les yeux de Clémence qui leva son tisonnier et marcha sur Tiennot en hurlant :

– Salaud... Espèce de salaud !... Tu me le payeras !

Tiennot recula d'un pas, puis, lorsqu'il eut le dos au mur, il leva en avant ses grosses mains et cria :

– Fais attention... Tu cherches... Tu vas trouver !

La colère de Clémence se mua en frayeur. Son regard s'affola, volant du visage de Tiennot à la fenêtre où battait l'averse.

Il y eut un instant d'immobilité absolue, puis Clémence baissa le bras, lança le pique-feu sur la cuisinière et, les épaules soulevées de gros sanglots, elle alla s'effondrer les coudes sur la table, le visage dans ses mains et se mit à pleurer en répétant, d'une pauvre voix éraillée :

– T'es un salaud... Un vrai salaud... Un vrai salaud...

TROISIÈME PARTIE

17

Onze jours durant, la pluie mena son train régulier. Onze jours et onze nuits avec simplement, de loin en loin, quelques heures de pause, une saute de vent, une déchirure des nuées par où filtrait une lueur d'eau trouble qui faisait luire faiblement le pays détrempé.

Et puis, un matin, alors que le jour renonçait à percer un ciel de suie accroché à la forêt proche, ce fut d'un coup le déluge. Crevant comme une poche, l'averse effaça les arbres des rives, noyant l'île aux Biard dans un crépuscule qui appelait déjà la nuit suivante.

Le temps d'aller de l'appentis à la cuisine, Tiennot était trempé jusqu'aux os. Clémence l'accueillit en disant :

– Saloperie de pays. On finira noyé !

Vingt fois au cours de la journée elle répéta ces mots avec rage, regardant Tiennot comme s'il eût été maître du temps.

Il n'y avait plus de pain, et Tiennot traversa un peu avant midi, courbant le dos sous l'averse qui passait à travers toutes les coutures de son vieil imperméable. La Loue boueuse et brutale atteignait la plus haute marche de l'embarcadère alors que, sur l'autre rive, elle entrait dans le chemin, couchant les ronces de bordure et les épines noires. Lorsque Tiennot revint, il dut se mettre à l'eau jusqu'au bas-ventre pour atteindre sa barque qu'il avait amarrée au tronc du dernier frêne.

– Bon Dieu, grogna-t-il, je me souviens pas de l'avoir vue monter si vite... Même à la fonte des neiges, ça s'est jamais vu !

Sur l'île, l'eau avait noyé l'escalier et de longues vagues jaunes à reflets gris couraient entre les troncs et les branchages pour déferler sur l'aire, à mi-chemin de la maison.

Tiennot tira la barque pour engager tout l'avant sur la terre glissante, puis il se hâta de porter le pain à la cuisine. Clémence qui l'attendait, le nez collé à la vitre, se mit à crier :

– Qu'est-ce que t'as foutu, fainéant ? Tu me laisserais crever. Tu vois pas que ça monte ? Je veux pas rester là, moi... Je veux pas !

Tiennot sembla un instant effrayé par la peur de Clémence qu'il ne comprenait pas. Puis, se reprenant, il dit :

– Te fais pas de souci... Bouge pas, faut que je plante un piquet.

Elle se remit à crier, mais déjà, il filait le long du mur pour gagner l'appentis. Il y prit sa masse, une barre à mine et un bon pieu d'acacia. Il planta le pieu face à la porte de cuisine, à deux mètres de l'endroit où l'eau arrivait. Puis, tirant encore la barque, il attacha la chaîne au piquet en disant :

– Là, ma vieille, tu te sauveras pas... Ça peut monter, je saurai toujours bien t'attraper le nez !

Du seuil, Clémence lui cria :

– Attache pas ta barque. Je veux m'en aller ! Je veux m'en aller !

Il acheva tranquillement son amarrage, reporta ses outils à leur place et revint à la maison. Il allait de son pas de tous les jours, regardant la rivière et se frottant les mains en disant :

– Le père serait là, y serait tout de même étonné. À cette saison, ça s'est jamais vu.

Lorsqu'il entra, Clémence se remit à crier :

– Je veux m'en aller, t'as compris ? Je veux m'en aller !

Elle avait posé sa valise sur le lit du père et y jetait ses vêtements.

– Reste tranquille, dit Tiennot... Ça montera pas plus, à cette saison, ça s'est jamais vu.

– Tu disais pareil hier, et ça monte toujours.

– Ça va s'arrêter.

– Qu'est-ce que t'en sais, grand'con !

Tiennot baissa son front têtu. Son regard s'assombrit et il fit un pas en direction du lit.

– Fais attention à ce que tu dis, grogna-t-il. Ça pourrait te cuire !

86

Comme Clémence continuait de lancer son linge, il empoigna la valise et la retourna sur le lit en criant :

– Tu vas rester tranquille, dis... Ou tu veux que je me fâche !

Le visage empourpré, la fille sembla rassembler ses forces ; gonflant sa poitrine, elle cracha en direction de Tiennot puis se précipita vers lui en hurlant :

– Salaud... T'es un salaud... Tu le savais, que ça monterait... T'as pas voulu m'emmener... Comme ça tu crois que je resterai dans ta saloperie de baraque... Mais on va crever ici... Tu vois pas qu'on va crever... Tu t'en fous, tu t'en tireras, toi.

Elle se tut. Son visage tendu, son regard dur exprimaient à la fois la terreur et la haine. Incapable de répondre, Tiennot demeurait devant elle, les bras ballants, la bouche entrouverte et l'œil vide. Elle le regarda quelques instants en silence, puis, de nouveau soulevée par la colère, elle le gifla trois fois à toute volée en criant :

– Assassin ! Assassin ! Assassin !

D'abord éberlué, il recula, essayant seulement de se protéger des coups. Puis, comme elle le poursuivait, cherchant à lui griffer le visage, il fut soudain pareil à une bête. Toute la force de son grand corps se ramassa et bondit en lui. Empoignant par les bras Clémence qui se débattait, il la souleva de terre comme il eût fait d'un lapin et cria :

– Tu vas t'arrêter, vouerie ! Tu vas t'arrêter, hein !

Comme elle poussait un long hurlement et cherchait à l'atteindre à coups de pied, il traversa la pièce et coucha la fille sur le lit où il l'écrasa de tout son poids.

– Non, hurlait-elle, non... Assassin !

Il lui ferma la bouche de sa large main, et, de l'autre, il empoigna son corsage qu'il déchira.

– Je vas te calmer, moi, disait-il. Je vas te calmer, vouerie ! J'ai c' qu'y faut pour ça !

Et une espèce de rire rauque le secouait tout entier.

Clémence suffoquait. Profitant qu'elle remuait moins, Tiennot relâcha sont étreinte et se redressa pour déboucler sa ceinture. Plus rapide que lui, le voyant à genoux au bord du lit, elle le poussa et lui fit perdre l'équilibre. Il partit en arrière, les bras écartés, chercha une prise pour se raccrocher mais tomba lourdement dans la ruelle, heurtant du crâne la table de nuit.

Empêtré, coincé dans cet espace étroit, il jurait.

Clémence avait bondi. Sans hésiter, elle sortit et traversa l'aire en direction de la barque. Lorsque Tiennot arriva sur le pas de la porte, elle avait déjà parcouru la moitié de la distance.

– Reste là ! cria-t-il.

Il s'élança derrière elle.

À quelques mètres du bateau, la terre n'était plus qu'une vase terriblement glissante. Clémence fit un long traînard, ses deux bras battirent l'air, elle réussit à éviter la chute en arrière, mais ses chaussures restèrent collées à la glaise, et sur son élan, c'est en avant qu'elle partit, le front contre le piquet, le corps à plat dans la boue. Tiennot s'arrêta, marqua une hésitation, puis, se précipitant, il dit :

– Relève-toi, tu vas être propre. Tiens !

Comme elle ne bougeait pas, il lui prit un bras pour l'aider à se relever. La tournant sur le côté, il vit que du sang coulait de ses cheveux sur son front.

– Bon Dieu... fit-il. Bon Dieu !

Et sa voix était celle d'un enfant effrayé.

Il souleva le corps qui se pliait, lui échappant. Il prit Clémence dans ses bras et revint à la maison où il l'étendit sur le lit.

Durant peut-être une minute, il fut en proie à un grand affolement. Il allait de la porte à l'évier, de l'évier au lit. Il n'osait plus regarder Clémence et se cachait le visage dans ses mains boueuses. Il bredouillait :

– Mais qu'est-ce qu'elle a ?... Faudrait le docteur. Je peux pas la laisser...

Ce fut seulement lorsqu'il l'entendit gémir doucement qu'il osa retourner près d'elle. Remuant un peu, elle ouvrit les yeux. Elle dit quelque chose qu'il ne put comprendre, mais allant chercher de l'eau dans une bassine, il prit le torchon à vaisselle et se mit à laver le sang qu'elle avait sur le visage. La plaie était sous les cheveux. Il n'osa pas y toucher, mais il prit peur en constatant qu'une tache rouge s'élargissait sur le drap.

– Qu'est-ce que tu m'as fait ? demanda-t-elle.

– Je te lave... t'es tombée contre le piquet.

Elle se souleva sur un coude et regarda l'eau rougie de la bassine, le torchon, le drap.

– Mais je vais me saigner, pleurnicha-t-elle. Tu vas me laisser crever, hein !

– Je vais chercher le docteur.

S'accrochant à son bras, elle se fit suppliante :

– Non... Non, me laisse pas toute seule... Me laisse pas... J'ai trop peur, Tiennot, me laisse pas !

– Pourquoi que t'as voulu te sauver, hein ?

De grosses larmes coulèrent sur les joues encore sales de Clémence qui sanglota :

– Je voulais pas me sauver... Tu sais bien que je peux pas mener un bateau. Et j'ai trop peur de l'eau. Me laisse pas, Tiennot... Me laisse pas.

Elle retomba sur le lit. Il la regarda et dit :

– Ça saigne, tu sais.

Timidement, elle passa ses doigts sur ses cheveux puis les regarda.

– Faut m' soigner. Y a de la teinture d'iode et du coton dans le placard.

– Je sais.

Il alla chercher la fiole qu'il eut du mal à ouvrir tant ses mains tremblaient.

– Mets-en un peu dessus, dit-elle. Faut désinfecter.

Emprunté, il voulut verser quelques gouttes sur la plaie, mais plus du tiers du flacon coula et Clémence s'assit soudain et se prit la tête en hurlant :

– T'es fou !... T'es cinglé !... Ça me brûle !

Elle gémit un moment puis, la brûlure apaisée, elle grogna :

– T'es une brute. Bonsoir, si ça s'infecte avec ce que tu m'as foutu, c'est que tout est pourri dans ce sale bled... Et du collant, t'en as même pas ?

Elle s'assit au bord du lit et constata :

– Ça tourne encore... Donne-moi la glace et allume la lampe.

Tiennot fit de la lumière et décrocha le miroir à cadre doré qu'il apporta devant Clémence qui dit :

– Tiens comme ça.

Elle écarta un peu ses cheveux et soupira :

– Tu parles d'une entaille.

– Fais pas saigner.

– Donne-moi le coton.

Elle prit un gros tampon de coton qu'elle posa sur ses cheveux, puis elle dit :

– T'as même pas une bande... Donne-moi un torchon propre et les ciseaux.

Elle coupa l'ourlet du torchon, puis déchira l'étoffe et fit une bande qu'elle s'enroula autour de la tête à la manière d'un turban. Elle répétait sans cesse :

– Je suis chouette... Sûr que j' suis chouette... T'es un beau salaud... Sûr que t'es un sacré salaud.

Mais elle n'avait plus la force de crier. Tiennot ne répondait pas. Un peu plus calme, il demeurait cependant avec, dans les yeux, une grande peur.

Lorsqu'elle eut achevé son pansement, elle s'allongea à l'endroit où le lit était le moins sale, elle demanda à Tiennot de lui enlever ses souliers, puis, ayant quitté ses vêtements boueux, elle se couvrit de l'édredon. Son visage était pâle sous le sang et la boue qui commençaient à sécher. Elle ferma les yeux et, les rouvrant au bout d'un moment elle dit :

– J'ai froid... Fais-moi chauffer du café, et tu me mettras de la gnôle dedans.

18

Clémence ne dormait pas, mais elle semblait encore engourdie. Comme elle se plaignait toujours du froid, Tiennot avait empli d'eau chaude deux bouteilles qu'il lui avait données. Elle en avait glissé une à ses pieds et promenait l'autre sur ses flancs, s'y chauffant aussi les mains.

Chaque fois qu'il s'approchait d'elle, tout doucement, Tiennot disait :

– Pourquoi que tu t'es sauvée comme ça ? T'as tout de même pas peur de moi ?

Ce n'était ni une question ni un reproche, simplement quelque chose qu'il répétait parce qu'il ne comprenait pas. Mais il ne semblait pas attendre de réponse de Clémence qui s'engourdissait dans son silence et la tiédeur de l'édredon.

Tiennot fit chauffer un reste de soupe qu'il lui donna. Elle mangea assise dans son lit, puis elle se recroquevilla et s'endormit. Tiennot prit une tranche de pain sur laquelle il posa un morceau de lard, et il alla manger debout sur le seuil, à quelques centimètres du rideau de pluie. Il mangeait à grosses bouchées, le couteau pointé vers le ciel gris, lentement, et sans cesser de regarder la rivière.

De temps en temps, il grognait :

– Monte toujours... Si ça vient dans la maison, qu'est-ce qu'elle va dire ? Qu'est-ce qu'elle va dire ?

Vers le milieu de l'après-midi, il enfila ses bottes et alla reprendre ses outils pour planter un deuxième piquet, à moins de deux mètres de la façade. L'eau avait dépassé le premier piquet, et la barque tirait vers l'aval, décrivant des quarts de cercle très lents au bout de sa chaîne.

À intervalles réguliers, elle remontait sur la droite, le fond raclant la terre, et venait heurter du nez le piquet. Là, il y avait comme une immobilisation de l'eau. Un combat de forces contraires qui durait bien une bonne minute, le temps que le courant domine le remous qui prenait naissance en aval du gros peuplier et remontait sur l'aire inondée. Tout le bas de l'île avait disparu. Le barrage ne se lisait plus à la surface de l'eau que par une longue dénivellation pareille à une énorme vague. Mais la vague demeurait toujours à la même place, et c'était à son pied que bouillonnait une écume jaunâtre. Presque sans arrêt, passaient des arbres arrachés qui, sur le barrage, sortaient presque entièrement de l'eau. Certains disparaissaient dans l'écume, d'autres semblaient hésiter, roulant avec des craquements de branches et de racines, pour se dresser parfois avant de plonger d'un coup, aspirés vers le fond. Il passait aussi des ballots de paille, des planches, du bois coupé en rondins et des caisses.

Lorsque Tiennot se mit à cogner sur sa barre à mine, Clémence cria :

– Qu'est-ce que tu fais ?... Me laisse pas !

Sa voix paraissait lointaine dans le bruit du barrage mêlé à celui de l'averse que fouettait à présent un gros vent d'ouest rageur.

91

Tiennot cria :

– J'y vais !

Il acheva de planter son piquet, changea la barque de place, puis revint avec ses outils qu'il laissa sur le seuil.

– Qu'est-ce que tu fais ? Ça monte toujours, hein ?

– Un peu... Mais ça va s'arrêter. Te fais point de tracas.

Il alla près d'elle. Maladroitement, il lui prit la main et la serra dans la sienne.

– T'as froid et t'es tout mouillé, dit-elle durement.

Il lâcha sa main. Il y avait une grande tristesse dans ses yeux et Clémence dut en être touchée, car elle dit :

– T'es pas un salaud... J' le sais. Tu me laisserais pas crever, hein ?... Tu me laisserais pas ?

– Non, je te laisserai pas... Mais faut plus t'en aller.

Sa voix tremblait. Ses yeux étaient mouillés, mais c'était peut-être la pluie ruisselant de ses cheveux.

– Pourquoi tu t'habilles pas plus ? demanda-t-elle.

– J'ai pas froid. J'ai l'habitude.

– Tu devrais enfiler ton ciré, quand tu vas dehors.

– J'aime pas. Il est trop petit. Y me serre.

Il n'avait sur lui que sa chemise et sa grosse veste de velours transpercée.

– Je vas aller te chercher du bois, dit-il.

– Me laisse pas, hein !

– Non... Mais faut bien que je te fasse du feu.

Il alla emplir deux cageots de bûches, parla un moment au mulet, puis revint en regardant la rivière qui charriait de plus en plus. L'eau avait dû envahir des coupes, en amont, car les rondins passaient sans arrêt, heurtant parfois les arbres.

– Bonsoir, dit-il. Tout ce bois !

Il posa ses cageots près de la cuisinière, rechargea le feu où les bûches mouillées se mirent à pleurer doucement, puis il regarda Clémence. Elle semblait s'être rendormie.

Alors, sans bruit, Tiennot sortit et ferma la porte. Il alla chercher une gaffe à long manche, détacha la barque et, sans le secours des rames, il s'en fut s'amarrer au tronc du peuplier qui se trouvait juste en amont de l'escalier : là, debout au cul du bateau, il se mit à crocheter les bûches qui passaient à proximité. Quand le bateau fut chargé, il remonta sur l'aire jusqu'en face de l'appentis. Il amarra à la

92

barrière du jardin, et commença de décharger. Pataugeant sous l'averse, il allait son train tranquille, prenant à chaque voyage jusqu'à quatre bûches énormes sur son bras. De temps à autre, il regardait vers le large et grognait :

– Bon Dieu, c'est quand j'y suis pas qu'il passe les plus grosses.

Alors, il se hâtait. Rien ne semblait le gêner dans son travail, ni l'eau qui entrait parfois dans ses bottes, ni la pluie, ni le vent, ni le poids des bûches qu'il enlevait d'une main pour les poser sur son bras gauche. Il empilait le bois sous l'appentis, devant la cage où se trouvaient les poules. De temps à autre, les canards venaient autour du bateau et il leur disait :

– Vous autres, ça vous dérange pas, hein ?

Et il riait en les regardant barboter.

– Encore un demi-mètre, dit-il au mulet, et je te déménage, toi... Le jardin, je crois bien que ça va être foutu. Bon Dieu, je me demande ce qu'on va bouffer... Enfin, j'aurai toujours récolté du bois... Le père serait là, y m'aurait déjà fait traverser la Miaule, mais moi, j'ai dans l'idée que ça s'arrêtera avant la bâtisse... À cette saison, on n'aurait jamais vu ça.

Il disait tout cela calmement, comme s'il eût parlé d'arroser ses salades ou d'aller regarder la télévision.

Il en était à charger son quatrième voyage, lorsque le vent s'apaisa soudain. Un flot de lumière laiteuse monta de derrière les arbres, et le couchant blanchit comme l'est le fait les matins de brume. La lumière vint jusqu'à la rivière où se mirent à courir de longs reflets vivants. La pluie cessa et Tiennot se hâta d'aller décharger son bateau.

– Ça s'arrête, dit-il, faut en profiter... Si ça se met à baisser, elle va plus rien charrier.

Il déchargea dehors, se réservant de remiser son butin lorsqu'il aurait fait un autre voyage. Il repartit, et il venait à peine d'agripper un gros madrier qu'un appel venu de la rive le fit lever la tête.

– Hé ! mon Tiennot, tu fais ton affouage ?

Il monta le madrier dans la barque et se redressa. Arthur Poussot était debout au milieu du chemin, au ras de l'eau.

– Attendez ! cria Tiennot, je vais vous chercher !

– Non, non. Je veux pas traverser. Je voulais voir où ça en est... Dis donc, c'est pas loin de la maison ?

– Non, mais ça va s'arrêter.

– Tu crois ?

– Ça blanchit, dit Tiennot en montrant le ciel.

– Faut espérer.

Leurs voix couraient dans l'eau, comme portées par le bruit du barrage qui montait vers eux, beaucoup plus présent depuis que la pluie et le vent s'étaient apaisés.

– Et Clémence, demanda Arthur, qu'est-ce qu'elle en dit ?

– Rien... Elle... Elle dort.

Tiennot avait rougi, mais, de si loin, Arthur ne pouvait s'en rendre compte. Arthur se mit à rire en disant :

– Au moins, on peut dire qu'elle est pas bilieuse, celle-là.

Tiennot rit à son tour.

– T'as besoin de rien ?

– Rien du tout. Ça va.

– C'est bon, mais tout de même, méfie-toi cette nuit. Même si la pluie reprend pas, ça peut continuer de monter. C'est bien trempé dans le haut.

Arthur fit demi-tour et remonta le chemin. Tiennot se remit à sa pêche, mais, aussitôt, il entendit appeler de la cuisine. Il hésita, car de grosses bûches arrivaient. Il en chargea deux énormes qui firent rouler et tanguer la barque, puis, comme Clémence appelait toujours, il détacha et fila droit sur la porte.

– Qu'est-ce que t'as ? demanda-t-il depuis le seuil.

– Je veux savoir qui c'était.

– C'est pour ça que tu me déranges ?

– À qui tu causais ?

– À Arthur. Il était en face.

– Et tu lui as pas dit de m'envoyer chercher ?

Tiennot demeura immobile, la chaîne de sa barque dans la main, comme s'il eût retenu derrière lui un gros chien. Après un moment il demanda :

– Te chercher ? Mais qui donc ?

– Je sais pas, moi, des gens qui auraient un gros bateau.

– Un gros bateau ? Ben merde alors, plus gros que celui-là tu trouveras pas sur toute la Loue.

Ils se regardèrent un moment en silence puis Clémence dit, d'une voix où la résignation avait remplacé la colère :

– Ça monte toujours... Qu'est-ce qu'on va faire ?

– Rien... Y pleut plus... Demain matin, ça aura déjà baissé... C'est pour ça, faut que je me dépêche à récolter du bois.

Il jeta devant la maison les quelques pièces qu'il avait récupérées, puis il regagna son poste de pêche. Clémence, qui était venue sur le pas de la porte, le regarda s'éloigner, observa le ciel qui s'éclairait, puis elle eut un haussement d'épaules en murmurant :

– Pauvre type, va ! Plus con que lui, on trouverait pas !

19

Il y eut à peu près deux heures d'un grand calme étrange baigné d'une lumière glauque qui coulait de cette déchirure de l'ouest que le soleil ne se décidait pas à atteindre. C'était comme si le monde eût attendu le soir pour se retrouver vraiment, mais le soir semblait tenir en réserve d'autres événements, inscrits en signes mystérieux, bien plus loin, pardelà cette ligne de forêt dont la couleur s'alourdissait à mesure que suintait l'après-midi. Les eaux folles de la Loue mêlaient ces lumières et ces ombres, les déchiraient, les emportaient dans des tourbillons ridés de vagues et hérissés de brindilles.

Insensible à ce ciel tout chargé de drame, Tiennot poursuivit sa récolte de bûches jusqu'au moment où, d'un coup, la lumière s'éteignit. Les terres et la forêt virèrent au violet pour s'unir très vite en une seule masse d'un bistre sombre et sans nuances. Tout devenait dur, comme taillé à la serpe dans un vieux bois charbonneux. La plaie du ciel s'était refermée. Des masses informes, grises, noires, terreuses, sans transparence aucune, se mirent à rouler vers l'est bien avant que les peupliers ne commencent à frémir. Seule l'eau boueuse conservait quelques reflets d'étain que l'arrivée du vent chassa d'une rive à l'autre. La peur semblait habiter la terre, étreignant tout, glaçant les choses.

Tiennot regarda l'eau, puis le ciel et dit :

– Bon Dieu, ce coup-ci, ça risque de faire vilain !

Il acheva pourtant son chargement avant de détacher sa barque. Déjà le vent le poussait en terre, et c'est à peine s'il eut à s'aider de sa gaffe pour gagner l'entrée de l'appentis. L'eau montait toujours, et il ne restait plus guère que deux ou trois mètres entre la pointe du bateau et la porte de grillage.

– Oh ! ma Miaule, dit Tiennot, j'ai bien envie de te traverser tout de suite... Si jamais faut le faire de nuit, t'aimeras pas ça... Le père serait là, y m'aurait déjà dit de t'emmener... On va y aller, ma belle... On va y aller.

Tout en parlant, il flattait la bête de la main, riant entre chaque phrase, comme s'il eût préparé avec le mulet un départ joyeux pour des vacances de soleil.

– Tu vas voir, ma vieille... Comme disait le père : « Ça c'est du sport... Passer la Miaule, faut le faire. »

Il déchargea son bois, l'empila sans hâte, puis il retira ses bottes en disant :

– Ça, le père y pensait toujours... Il le disait : « Quand t'as du risque, vaut mieux être les pieds nus... T'as beau savoir nager et tout, si ça tourne mal, t'es jamais sûr de t'en sortir si t'as tes bottes pleines de flotte... On a vu des tout malins qui y sont restés. »

Il emprunta l'étroite bande de terre qui émergeait encore le long de la façade, et gagna la cuisine où il posa ses bottes et enfila sa veste. Il entrait à peine dans la pièce assez de lumière pour éclairer la table dont la toile cirée semblait une flaque grise dans la pénombre. Tiennot posa deux bûches sur les charbons qui rougeoyaient derrière la grille de la cuisinière. Clémence remua sur son lit et dit :

– Fait déjà nuit.

– Pas loin.

– Éclaire donc.

Il hésita, regarda par la fenêtre et dit :

– Pas la peine, tu dors.

– Éclaire, je te dis.

– Non... Faut que je sorte.

Elle se souleva sur un coude pour le regarder et demanda :

– Qu'est-ce que tu vas faire dehors ?

– M'occuper des bêtes.

– Y pleut plus ?

– Non.

– Ça baisse ?

Tiennot se dirigea vers la porte sans répondre et Clémence cria :

– Je te demande si ça baisse !

– Pas encore, mais ça veut pas tarder.

– Reviens vite, hein !

– Oui... T'en fais pas.

Il sortit et ferma la porte. Un instant immobile, il contempla la Loue où vivait une lueur irréelle. Il se redressa légèrement, respirant longuement, il alla embarquer avec un sourire qui éclairait son visage.

– Ça, j'en connais pas un qui le ferait... Y a que moi. C'est sûr... Même le père, depuis au moins dix ans, y pouvait plus... Il le disait : « Y a plus que toi, mon Tiennot ! »

Il poussa un grand coup vers le large, posa la gaffe et s'assit au banc de nage. Tourné de trois quarts, il donna deux coups très longs pour traverser l'aire puis laissa aller les rames le long du bordage. Le bateau passa entre les peupliers, à l'aplomb de l'escalier noyé. Aussitôt que la pointe déborda les arbres, le courant fit virer l'embarcation d'un quart. Tiennot donna juste ce qu'il fallait pour passer au large des branches, puis il se laissa porter, rames en l'air, prêt à la manœuvre. Il suivait des yeux le défilé des troncs et des feuillages. La barque avait pris la vitesse du courant et, en moins d'une minute, elle eut atteint la pointe aval de l'île. Là, Tiennot fut d'un coup un bloc de force vive et précise.

Tendu, tout le corps bandé comme un câble prêt à se rompre, il fit virer la barque au ras des branches. Il se formait là un tourbillon qui aidait à la manœuvre, mais il ne fallait à aucun prix le dépasser. Tout de suite après, c'était le début de la longue dénivellation d'eau lisse comme un marbre et qui plongeait droit dans l'écume au pied du barrage.

Un mètre d'écart, et c'était la chute.

La lourde barque se mit en travers et, sur son élan, franchit le remous pour doubler la pointe de l'île où l'eau arrivait aux broussailles. Continuant à virer pour mettre le nez à la lève, Tiennot traversa le petit bras, l'œil rivé à la chute du barrage. Ses pieds nus s'appuyaient au bois détrempé de la courbe, ses jambes se tendaient, tout son corps se soulevait de la planche pour y retomber lourdement à chaque tirée.

Le courant était d'une extrême violence, mais la barque ne se rapprochait pas d'un pouce du barrage. Elle allait de biais, gagnant mètre par mètre pour s'approcher de l'eau morte qui s'étalait sur les prés bas.

La sueur ruisselait sur le visage de Tiennot.

Il savait qu'il était impossible de vaincre le courant le long de l'île. Il devait donc traverser ce bras, remonter sur les prés où l'eau courait moins, retraverser et venir aborder derrière la maison, beaucoup plus haut que l'appentis.

Lorsqu'il y parvint, il amarra sa barque à un piquet du jardin où l'eau commençait à pousser des reflets entre les sillons et les rangs de légumes.

– Cette fois, fit-il, c'est foutu... Je sais pas ce qu'on va pouvoir bouffer.

Le mulet se mit à souffler et à tirer sur sa chaîne.

– Ouais la Miaule. On va y aller !

Il gagna l'appentis et détacha la bête qu'il conduisit jusqu'au bateau où elle se mit à renâcler très fort en tirant sur le licou.

– Ouais, la Miaule. Je sais que t'aimes pas monter là-dedans, mais faut y aller... Tu sais bien. C'est pas la première fois.

Il avait placé la barque en eau morte, en aval d'une langue de terre légèrement surélevée et qui arrivait à peu près à hauteur du bordage. Il défit l'amarre, empoigna de la main gauche une racine saillante, et, de la droite, il tira ferme sur le licou. Le mulet résista un peu, puis posa un sabot sur le plancher qui sonna sourd.

– Allez, comme dirait le père : « C'est le premier pas qui coûte »... Viens ma vieille... Viens devant.

L'animal renâcla encore, bava un peu mais avança jusqu'à toucher des pattes de devant le banc de nage. La barque remuait un peu, mais Tiennot, de l'eau jusqu'au ventre la tenait ferme. Ayant lâché la racine, il lâcha aussi le licou, fit virer la barque et, comme le cul passait devant lui, il se hissa à bord. Debout en face de la bête dont la tête touchait la sienne, il prit les rames et, travaillant lentement, il se laissa porter par le courant, le nez vers les prés. Une fois en eau morte et peu profonde, il prit la gaffe et poussa en direction de la terre ferme.

– Tu vois, disait-il, quand on s'y prend bien, c'est rien du tout. C'est le courant qui fait le travail... Bon Dieu, si je t'avais sorti par l'autre rive, t'aurais vu autre chose !

Une fois sur les prés, ayant amarré à un piquet de clôture, il fit descendre la bête et l'emmena dans une embouche qui se trouvait en bordure du bois, à deux bons kilomètres de la rivière.

– Là-haut, disait-il, tu risques rien... Comme disait le père : « C'est quasiment la montagne. »

Il riait, flattant de la main l'encolure tiède.

Ils avaient parcouru la bonne moitié du chemin lorsqu'un coup de vent plus fort que les autres écorcha le ciel. Aussitôt, ce fut une trombe d'eau. On y voyait à peine à un mètre.

– Tu vois, grogna Tiennot, tu voulais pas venir. Mais j'avais raison, ça va encore monter.

Il fit une dizaine d'enjambées et ajouta :

– La Clémence, elle va avoir la trouille... Allez, avance, bon Dieu... Je vais me faire engueuler, c'est sûr.

Il allongeait le pas, tirant sur le licou. La pluie redoublait et la lumière baissait de plus en plus.

Dès que le mulet fut à l'embouche, Tiennot redescendit en courant. Lourdement, il sautait dans les flaques, glissant parfois dans la boue et sur l'herbe. Sa chemise et son pantalon étaient comme s'il eût traversé à la nage, mais il paraissait insensible à tout cela.

Il remonta un peu sur les prés, mais il renonça à contourner l'île et vint s'amarrer derrière l'appentis.

– De toute façon, fit-il, d'ici deux heures, je pourrai passer le bateau par là.

En effet, l'eau avait encore monté et les premières vagues léchaient le pied des poteaux soutenant le toit de tôle. Il allait entrer là pour s'occuper de ses poules et de ses lapins, lorsqu'il entendit hurler :

– Au secours !... Me laissez pas !... Me laissez pas !

C'était Clémence qui se tenait pieds nus sur le seuil, la tête toujours enveloppée de toile, son corsage déchiré ouvert sur sa poitrine blanche.

– Bon Dieu, t'es folle de gueuler comme ça.

La lumière était allumée et un long reflet orangé tremblait sur l'eau qui venait à deux pas sur le seuil.

Clémence se mit à pleurer.

– Salaud. Tu me laisses... Je vais me noyer... Où que t'étais parti ?

– J'ai traversé la Miaule.

Les sanglots de Clémence s'arrêtèrent net. Son visage se durcit.

– Traversé, dit-elle, mais traversé où ?

– Sur l'autre rive, à l'embouche.

– Merde, cracha-t-elle. T'es une belle vache. Tu sauves ta Miaule et moi, tu me laisses crever là.

– Tu veux que je te traverse ? T'iras chez Poussot.

Elle regarda ce que le reste de lumière permettait encore de voir. C'était une nappe boueuse et filant vers le barrage. Une nappe striée de remous que l'averse faisait grésiller comme de la friture. Alors, s'accrochant à Tiennot, elle se mit à gémir :

– Non... Non... Je veux pas traverser... Je veux pas.

20

– Qu'est-ce qu'on va faire ? Mais qu'est-ce qu'on va bien pouvoir faire ? se lamentait Clémence qui s'était assise près de la table, la tête dans ses mains.

– T'as mal ? demanda Tiennot.

– Bien sûr, que j'ai mal... Ça va s'infecter. Mais c'est sûrement pas de ça que je vais crever. Je serai noyée, c'est plus possible autrement.

– Tu rigoles... Pourquoi que tu serais noyée ?

Elle s'emporta.

– Pourquoi ? Mais bougre de con, tu vois pas que ça monte ! Tu disais que c'était fini...

– Je pensais pas que ça monterait autant. C'est sûr. À cette saison, ça s'est jamais vu !

– Je m'en fous, d' la saison. Tout c' que je vois, c'est qu'on va crever comme des rats !

Elle semblait de nouveau sans forces. Elle ne criait même plus.

Elle demeurait là, le regard perdu, transie de peur autant que de froid. Tiennot l'observa un moment, puis il dit :

– Tu devrais t'habiller mieux qu' ça... Et puis, faut prendre tes affaires. On montera au grenier. Là-haut, ça risque rien. Rien de rien.

– Et si la maison s'écroule ?

Il parut décontenancé.

– La maison... fit-il. Qu'elle s'écroule ?

– Ben oui, quoi. Ça s'est vu.

Tiennot se reprit et dit d'une voix plus assurée et presque avec fierté :

– S'écrouler, c'est pas possible... La maison, elle en a vu d'autres. Tiens, regarde un peu.

Il lui montra quatre encoches faites au couteau dans le chambranle de la porte. En regard de chaque trait, une date était gravée.

– C'est le père, qui a fait ça, tu vois... Le dernier coup que c'est venu, là où tu te trouves, ça faisait plus d'un mètre d'eau... Et la maison, elle a pas bougé... Faut pas t'inquiéter, on risque rien... Rien de rien.

Sans cesser de se lamenter, elle finit par se lever lentement, comme si elle eût transporté un poids énorme. Elle tira sa valise et y entassa ses vêtements. Sur son chemisier sale et déchiré, elle enfila un gros pull-over rouge, puis elle passa son imperméable. Tiennot prit une torche électrique, empoigna la valise et dit :

– Viens seulement. Le reste, je vais bien m'en arranger, moi.

Ils sortirent dans la nuit, où ne traînait plus aucune lueur. L'averse n'avait pas diminué d'intensité, mais le vent s'était calmé et le bruit du barrage paraissait plus présent, un peu comme si le courant violent eût poussé lentement l'île entière vers la chute. Le faisceau de la torche électrique que portait Tiennot éclairait surtout le rideau de pluie et la façade trempée de la maison au pied de laquelle il ne restait plus qu'une étroite bande de boue.

Clémence tenait Tiennot par sa veste et, à plusieurs reprises, elle lui marcha sur les talons. Calmement il répétait :

101

– T'affole pas. Tu risques rien.

Pour monter, il la fit passer devant. En l'éclairant depuis le bas, il regarda ses jambes nues sous la jupe.

Le grenier qui occupait d'un seul tenant toute la surface de la maison était à moitié plein de paille et de foin.

– Tu vas te coucher là, dit-il. Je vais monter les bêtes, et après, je m'occuperai des meubles.

– Tu vas pas me laisser ?

– Je suis en bas.

– Tu traverseras pas ?

– Qu'est-ce que tu veux que j'aille foutre !

Il fit un pas en direction de la porte et Clémence cria :

– Laisse-moi la lampe !

– Je peux pas. J'y verrais rien pour les bêtes.

Elle se leva et vint s'accrocher à lui en hurlant :

– Laisse-moi la lampe ! Je veux pas rester toute seule dans l' noir !

Tiennot la repoussa peut-être un peu fort, et elle tomba lourdement sur le plancher à un endroit où il n'y avait que peu de foin.

– Salaud ! cria-t-elle. Espèce de grand salaud !...

Mais déjà Tiennot descendait l'échelle, emportant la lampe qu'il avait éteinte pour économiser la pile.

Clémence continuait de l'insulter. Il longea la façade, passa devant la fenêtre éclairée et gagna l'appentis. Il alluma sa lampe qu'il suspendit à un clou planté dans un pilier, et il se mit à sortir les lapins de leur cage. Il les prenait par les oreilles et les laissait tomber dans un sac à blé. Lorsqu'il eut une dizaine de bêtes dans le sac, il le ferma, l'empoigna des deux bouts et, d'un grand effort, il le lança en travers de ses épaules. Les lapins gigotaient et couinaient.

– Faut pas gueuler, les petits. Vous allez être avec la Clémence... Et y a de quoi bouffer là-haut.

Il éteignit la lampe et partit avec son fardeau. En haut de l'échelle, sans entrer, il vida le sac sur le plancher. Clémence ne criait plus. Elle sanglotait dans l'obscurité et s'arrêta seulement le temps de répéter :

– T'es un salaud.

Mais elle le disait d'une toute petite voix plaintive.

Tiennot ne répondit pas. Il descendit avec son sac vide et déjà trempé comme une serpillière, et il fit un deuxième voyage. Ensuite, il attrapa les poules qui dormaient à moitié sur leur perchoir. Quelques-unes volèrent en piaillant et il eut du mal à s'en emparer. Il les entassa dans deux caisses qu'il poussa dans le grenier. Clémence ne pleurait plus, mais elle l'insulta encore de sa petite voix malade d'angoisse.

Tiennot commença par prendre, avec beaucoup de précautions, le poste de télévision qu'il monta le premier.

– Tiens, fit-il, tu vois, je pense à ta télé.

Il posa le récepteur tout doucement sur la paille, tandis que Clémence grognait :

– Ton poste, tu peux te le foutre au cul !

– T'es colère, fit-il, mais c'est pas gentil de dire ça.

À présent, l'eau commençait d'entrer dans la maison et Tiennot pataugeait. Il fit un gros ballot de toute la literie qu'il monta et porta sur le foin.

– Si tu veux te coucher là-dessus, tu seras mieux, dit-il avant de redescendre.

Clémence ne répondit pas. Dans le faisceau de la lampe, il la vit sur la paille, assise, les genoux au menton, et qui le regardait en répétant, presque à voix basse :

– T'es un salaud... T'es un salaud.

Il monta encore les deux matelas et les deux sommiers. Il enlevait ses charges en les prenant à pleins bras pour les balancer sur son épaule, et il partait dans la nuit, de l'eau aux genoux. S'agrippant d'une main aux montants glissants de l'échelle, il était pareil à un de ces chevaux aveugles qui tirent au fond des mines, à longueur de vie, le même train de charbon.

Dans la cuisine où il y avait à présent trente centimètres d'eau, il se mit à démonter les bois de lit, dévissant les tirefond avec un gros clou. Il les monta également au grenier, puis, comme il ne pouvait pas tout transporter, il mit le plus de choses qu'il put au-dessus des meubles et sur les rayons les plus élevés du placard. Il pendit les chaises aux crosses plantées dans les solives du plafond, puis il fit le même travail pour l'autre pièce. À chaque geste accompli, il disait :

– Ça, c'est bon. Le père faisait comme ça.

103

Dans la maison, l'eau arrivait presque aux genoux, et, lorsqu'il sortit, il constata que le courant commençait à charrier jusque devant le seuil. Il rentra pour couper l'électricité au compteur, puis ressortit en laissant la porte ouverte, toujours comme faisait le père. Avant de regagner le grenier, il alla s'assurer que la porte grillagée de l'appentis était bien accrochée. Des bûches et quelques caisses flottaient déjà mais la barrière de fagots et le treillage les retiendraient prisonnières. Il s'en fut ensuite détacher la barque qu'il amena au pied de l'échelle du grenier, puis il monta rejoindre Clémence. Elle était assise sur un matelas, le dos appuyé contre une jambette de la charpente, et tout son corps replié sur soi enveloppé dans une couverture marron. Seuls ses yeux luisaient entre cette couverture et son turban blanc

– Pourquoi tu te couches pas ? demanda Tiennot.

– T'es un salaud, murmura-t-elle. Tu me laisses tomber.

Et elle se remit à pleurnicher.

Tiennot accrocha la lampe à une cheville dépassant d'une panne, puis il retira lentement sa chemise et son pantalon qu'il alla tordre devant la porte. Tout nu, il paraissait encore plus large et plus grand dans ce grenier où il se baissait pour ne pas se cogner à la charpente. Il étendit ses vêtements sur une traverse renforçant l'arbalétrier, puis il vint s'allonger à côté de Clémence et tira sur lui un édredon.

– Déshabille-toi, et tu te coucheras, dit-il.

– Non.

Il éteignit la lampe.

– Éteins pas, supplia-t-elle, j'ai peur.

– Y faut, sinon, y aura plus de pile.

Elle l'insulta encore doucement, puis elle finit par s'allonger à côté de lui en disant :

– J'ai froid. J'aurai sûrement la crève.

– T'as qu'à te déshabiller. T'auras chaud sous la couette... Ta robe séchera.

Elle hésita encore mais finit par retirer son corsage et sa jupe. Dès qu'il la sentit nue à côté de lui, Tiennot commença de la caresser, mais elle se mit à crier :

– Laisse-moi... Je suis crevée. Tu penses qu'à ça. Fous-moi la paix, t'as compris, grand dégueulasse !

104

Elle lui enfonça ses ongles dans le bras. Tiennot grogna mais retira sa main. Il lui tourna le dos en bougonnant :

– Bon Dieu, je sais pas ce que t'as, mais t'es mal virée aujourd'hui.

– Ce que j'ai ? Ben merde, tu voudrais peut-être que je sois joyeuse !

– Quoi, qu'est-ce que t'as ?... C'est une crue... T'en verras d'autres.

Elle dit quelque chose qu'il ne put comprendre, puis le grenier fut tout entier livré à l'obscurité totale et à l'immense bruit d'eau. Roulement de la pluie sur les tuiles, grondement de plus en plus fort de la Loue. Au pied de l'échelle, la barque, tirant sur sa chaîne et revenant aux remous, cognait des coups sourds en remuant de la ferraille. De temps à autre, un lapin sautait dans la paille ou sur le plancher sonore, une poule gloussait dans son sommeil.

Tiennot essaya encore de s'approcher de Clémence, mais, chaque fois, elle le repoussa en l'insultant.

Très vite l'immense bruit d'eau ne fut plus qu'un murmure lointain pour Tiennot qui sombra dans un sommeil aussi épais que l'obscurité.

21

Au cours de la nuit, Clémence avait secoué et pincé Tiennot un long moment avant qu'il n'émerge à moitié de son sommeil pour demander :

– Quoi ?

– T'entends ?

– Quoi donc ?

– Merde, t'entends pas ? Ça cogne contre la maison.

– C'est rien... C'est un tronc d'arbre charrié.

– Tout va s'écrouler...

– Non... Dors.

Et il s'était rendormi tandis que Clémence l'insultait d'une pauvre voix tremblotante, avec des restes de sanglots.

À l'aube, lorsque Tiennot se leva, il ne pleuvait plus. Un début de jour malade traînait de longs bancs de brume. Du barrage, montait une buée transparente qui s'épaississait en coulant vers l'aval où elle s'accrochait aux arbres souvent baignés jusqu'à leurs premières branches.

Un froid humide entrait dans le grenier et les vêtements de Tiennot n'avaient pas séché. Il chercha dans les ballots de linge et finit par trouver le pantalon de son costume gris et sa chemise blanche. Il les contempla un moment avant de les enfiler en disant :

– Je peux tout de même pas aller à poil !

Il prit seulement soin de retrousser les manches et les jambes de pantalon avant de sortir. L'eau avait encore monté, mais, l'ayant observée un moment, Tiennot déclara :

– Je crois bien que ça étale... Devrait pas tarder à descendre.

Il prit l'écope et vida la barque. Ensuite, debout à la pointe, la gaffe en main, il entreprit de faire lentement le tour de la maison. Il s'assura que les grillages de l'appentis tenaient ferme, retendit quelques fils de fer, remit à leur place deux ou trois fascines qui s'étaient inclinées, puis il revint par la façade et s'arrêta en engageant le nez du bateau dans l'encadrement de la porte de la cuisine. Il dut s'accroupir pour regarder à l'intérieur où rien ne semblait avoir bougé. Il se mit à rire :

– Bon Dieu, fit-il, je suis comme le père, ça me fait toujours drôle de venir là en barcot.

Au passage, il jeta un coup d'œil par la fenêtre de la deuxième pièce, mais la toile de sac qui servait de rideau était toujours en place. Pompant l'eau, elle était plus serrée et plus noire, interdisant le moindre regard vers l'intérieur.

Revenu au pied de l'échelle, il dut faire rentrer le coq qui avait pris place sur le barreau du haut et commençait à chanter.

– Viens pas faire le malin ici, grand con, lui dit-il. Tu te noierais bien !

Au ras de la fenêtre, trois lapins tendaient le nez en fronçant les narines. Il entra en les repoussant du pied.

Clémence s'était habillée et, se penchant prudemment, elle dit :

– Ça peut durer un moment. Et après, pour nettoyer en bas et faire sécher, ça va être drôle.

– T'inquiète pas, fit-il. Comme disait le père : « C'est une question d'habitude. »

– Habitude mes fesses, grogna-t-elle.

Tiennot sortit d'un panier ce qui restait de pain et une grosse saucisse. Il se mit à manger et demanda :

– Tu veux casser la croûte ?

– Dire qu'on peut même pas faire chauffer du café !

Elle toussa, se moucha et ajouta :

– Sûr que si je crève pas, j'aurai de la veine.

Assis sur le bord du matelas, Tiennot mangeait lentement en regardant du côté de l'ouverture.

Il avait à peine fini de manger que des appels partis de très loin arrivèrent. Il reconnut les voix d'Arthur Poussot et du cafetier. Clémence se précipita vers la porte et se pencha pour crier :

– Au secours ! Venez me chercher !

Tiennot l'empoigna par le bras et la tira en arrière.

– T'es pas folle, non !

Se penchant à son tour, il lança :

– Ça va bien... Je vais passer pour aller au pain, j'irai vous voir en même temps.

Les deux hommes se tenaient en haut d'une pâture pentue qui versait sur la rivière légèrement en aval de la maison.

– Et Clémence, demanda le cafetier, qu'est-ce qu'elle a ?

– Elle a rien, répondit Tiennot... Elle va bien.

Mais, derrière lui, tambourinant des poings sur son dos qui obstruait toute l'ouverture, Clémence se mit à hurler :

– Me laissez pas ! Je suis malade ! Venez me chercher !

Cette fois, il n'osa pas la repousser. Il s'écarta même pour la laisser s'avancer et répéter :

– Faut venir me chercher... J'ai de la fièvre.

Ce fut le cafetier qui répondit :

– Y a que Tiennot qui peut passer. Personne d'autre voudrait se risquer sur une eau pareille. Mais avec Tiennot, tu risques rien.

– Y veut pas ! cria-t-elle.

Cette fois la colère de Tiennot déborda. Empoignant Clémence par un bras, il la fit rentrer sans douceur en grognant :

– Je veux pas te traverser ?... Menteuse... C'est toi qu'as pas voulu. C'est toi qu'as peur. T'es plus trouillarde que la Miaule... Ah ! je veux pas. Tu vas voir ça. Viens-t'en. Je te passe tout de suite, moi !

Elle hésita, parcourue de frissons, le regard fixé sur la buée blanche qui montait du barrage. Ses lèvres se mirent à trembler, deux grosses larmes roulèrent sur ses joues, laissant un sillon dans les restes de sang et de boue desséchés.

– Tu voudrais bien me noyer, fit-elle en sanglotant.

La colère de Tiennot sembla demeurer un moment suspendue avant de se muer en étonnement puis en pitié.

– Te noyer, moi ? fit-il. Ben bon Dieu, pourquoi que je voudrais te noyer ?

Elle se jeta contre lui, s'accrochant à sa chemise, elle fut secouée d'une crise de larmes nerveuse.

– Tu me jures que tu me noieras pas, hein ! Tu me jures !

– Mais je te dis qu'à ce niveau-là, y a rien de plus facile. On peut monter jusqu'en haut de l'île. Et de là-haut, on a dix fois le temps de traverser avant le barrage. T'as pas la queue d'un risque, je te dis.

Les deux autres appelaient de nouveau, et Tiennot se pencha pour leur crier :

– Je m'en vas la passer. Elle ira chez la Berthe.

– C'est entendu, dit Arthur. Elle peut venir.

Tiennot se retourna pour voir Clémence qui prenait sa valise.

– Tu vas pas emporter tes affaires ?

– Si. Je veux pouvoir me changer... Et j'ai du linge à laver. La Berthe a sa machine, j'en profiterai.

Il eut une hésitation, respira profondément, et demanda :

– Tu vas pas t'en retourner chez toi, hein ?

– Bien sûr que non.

– Ah bon... Parce que, tu sais, je me laisserai pas faire, hein ! Et puis, la Berthe, elle te laissera pas partir.

– Je veux me coucher au chaud. Tu vois pas que je suis malade ?

– C'est bon... Mais me fais pas un sale coup, hein !

Il descendit le premier avec la valise et maintint la barque contre l'échelle tandis que Clémence y prenait place.

– Tu vois, fit-il, ça commence à baisser.

– Tant mieux, grogna-t-elle.

108

Sa valise entre ses pieds, Clémence était assise en poupe, face à Tiennot installé au banc de nage. Le buste incliné en avant, elle se cramponnait des deux mains au bordage. Son regard allait d'une rive à l'autre, s'arrêtant aux arbres et aux piquets que frôlait le bateau. Tiennot, assis de trois quarts, ramait doucement, remontant sur l'île où l'eau courait à peine. Il utilisait la force des remous, louvoyait entre les obstacles, faisait corps avec son bateau qui obéissait à la moindre pression sur la droite ou la gauche. Lorsqu'ils eurent dépassé le rideau d'arbres qui formait en amont comme la proue de l'île, Tiennot se tourna face à Clémence, cala ses pieds à la courbe et se mit à souquer dur en plein courant. Le buste de Clémence allait d'avant en arrière. Son visage s'était encore tendu. De temps à autre, elle observait Tiennot qui souriait, tout à son effort. La barque vibrait. Le bois des rames craquait parfois et les tolets gémissaient doucement. L'eau sale courait à une vitesse effrayante et la rive aussi commençait à défiler en approchant du bordage.

Toujours cramponnée, Clémence tourna la tête et cria :

– Le barrage ! Le barrage !

– T'inquiète pas, fit Tiennot très calme.

À vingt mètres à peine en amont du barrage, la barque quitta soudain le gros du courant pour passer entre deux buissons et entrer sur l'eau plus tranquille recouvrant la prairie.

Ramant lentement, Tiennot dit :

– Ça y est, tu vois que c'était pas le diable.

Elle ne répondit pas, mais ses mains serrèrent moins fort le bois trempé, et son visage se détendit alors qu'elle poussait un long soupir.

Tiennot se retourna, puis modifia la trajectoire du bateau pour aller aborder à l'endroit où attendaient Arthur et le cafetier.

Avant de toucher terre, il regarda Clémence et, à mi-voix, il dit :

– Tu foutras pas le camp, hein !

Elle fit non de la tête et Tiennot parut rassuré. Lâchant les rames, il enjamba son banc et courut à la pointe d'où il sauta dans l'eau, la chaîne à la main.

22

Tiennot laissa Clémence s'éloigner avec les deux hommes. Le cafetier portait la valise. Quand ils eurent fait une dizaine de pas, Tiennot cria :

– Tu vas chez la Berthe, hein ? Elle te soignera bien. Moi, je vais donner le grain aux poules, et je reviens !

Clémence fit un tout petit geste de la main sans même se retourner, mais Arthur s'arrêta le temps de répéter :

– Viens à midi, la soupe sera prête.

Tiennot restait planté en haut du pré, fixant le chemin où luisaient deux ornières pareilles à des rails d'acier. Quand le groupe eut tourné derrière la chevelure de ronces du talus, il eut un hochement de tête, hésita un moment devant la vaste étendue d'eau où l'île semblait toute perdue et prête à filer au courant.

– Tout de même, je peux pas laisser les poules. Déjà que le jardin est foutu.

Il descendit lentement le pré jusqu'au bateau et reprit sa place aux rames. Il monta en eau morte le plus haut qu'il put, puis il se laissa glisser au courant, tirant simplement au large pour atteindre la pointe amont de l'île.

– Ça baisse aussi vite que c'est monté, dit-il.

Le fond de la barque raclait parfois une souche ou une levée de terre. Tiennot s'arrêta devant l'appentis. À mesure que l'eau se retirait, les bûches et quelques caisses poussaient contre le grillage qu'il enjamba. Il retira les billes de bois les plus lourdes et les porta vers le fond où il n'y avait que quelques centimètres d'eau. Il les dressa contre les fascines.

– Ça me démolirait bien la porte, dit-il.

Reprenant le bateau, il l'amena devant la maison et l'attacha au piquet le plus proche. Par la porte ouverte, l'eau s'écoulait, jaune et noire.

– Si ça continue à baisser comme ça, dans un moment, je pourrai commencer à nettoyer les murs.

Il gagna le grenier. En partant, il avait fermé le volet pour empêcher la volaille de s'envoler. Il cogna contre les planches. Il y eut un bruit d'ailes avec des caquetages apeurés, et une galopade des lapins. Il ouvrit et entra. Toute la

110

basse-cour était perchée sur les entraits ou dispersée dans la paille et le foin. Il ouvrit un sac de blé et lança quelques poignées de grains sur le plancher. Il regarda un moment ses poules qui picoraient en faisant un roulement de tambour. Ensuite, il vint s'asseoir sur le bord de la porte, les pieds sur le plus haut barreau de l'échelle. Il regardait l'eau bouillonner en aval du barrage. La rivière ne charriait plus que des brindilles et de l'herbe.

– J'ai bien fait de ramasser du bois, dit-il.

Il semblait tout occupé par cette idée et la contemplation de l'eau. Pourtant, après un moment, il dit :

– Tout de même, j'aurais pas dû lui laisser prendre sa valise. Des fois qu'il lui viendrait à l'idée de retourner chez elle... Pourtant, elle était pas malheureuse ici... Elle avait tout ce qu'elle voulait.

Il se leva et rentra. Il s'approcha du poste de télévision et l'essuya du tranchant de la main en regardant les poules.

– Saloperie ! leur cria-t-il. Le poste à la Clémence ! Venir chier là-dessus. Si elle vous voyait, elle vous en foutrait... Vous savez pas ce que ça coûte, une télévision... Bon Dieu, dans deux semaines faudra payer. Je me demande où je vais trouver les sous !

Il chassa le coq qui voulait se percher sur l'échelle. Il regarda vers l'extérieur et lança deux quignons de pain sec aux canards qui venaient de tourner l'angle.

– Vous autres, ça vous amuserait plutôt, cette saloperie de crue.

Désœuvré, il alla s'asseoir sur le matelas, le regarda un moment, puis, se mettant à quatre pattes, il se mit à flairer la place où Clémence avait dormi. Se redressant soudain, il grogna :

– Bon Dieu, faudrait pas qu'elle me fasse un sale coup... Je vais y aller... j'aurais dû aller avec elle.

Il lança encore du grain aux poules, puis, refermant la porte, il descendit très vite et courut à son bateau, soulevant autour de lui des gerbes d'eau sale.

111

23

La Loue avait déjà trop baissé pour qu'il fût possible de monter jusqu'à la proue de l'île comme Tiennot l'avait fait avec Clémence. Il piqua donc droit sur le passage de l'embarcadère, passa entre les arbres boueux et habillés de paille trempée, et il fut tout de suite dans le fort du courant. Toute la barque frémit, empoignée soudain par les muscles tendus de la rivière. L'avant tourné en direction de l'amont comme s'il eût voulu remonter la Loue, Tiennot se mit à souquer de toutes ses forces. En réalité, la barque à peine orientée vers la rive mordait peu à peu sur la largeur de l'eau et s'éloignait de l'île à chaque tirée de rame. Sans relâcher son effort, Tiennot observait tour à tour les arbres du rivage et le modelé de la chute dont il se rapprochait.

– Bon Dieu que ça court, grognait-il, les dents serrées... Je t'aurai... Sûr que je t'aurai, vouerie !

Il y avait dans ses yeux, malgré que son visage fût tordu par l'effort, une lueur de joie.

– Personne peut le faire, personne... Je t'aurai.

Les fesses décollées de son banc, de toute la puissance de ses membres et de son corps, il tira plus dur encore sur le bois. Il se trouvait rendu à trois mètres à peine des arbres, prêt à s'enfiler de biais entre deux troncs vers l'eau étale recouvrant la prairie, lorsqu'un craquement sec se fit entendre. La rame de gauche venait de casser net à hauteur du tolet. Déséquilibré alors que son mouvement était aux trois quarts de sa course, Tiennot bascula en arrière et tomba de biais, les jambes en l'air, le dos contre le bordage de droite.

– Merde ! rugit-il.

D'un coup, comme si elle eût été montée sur pivot, la barque vira et se mit en travers du courant. Se relevant d'un bond, Tiennot se précipita pour dégager la rame de droite et faire virer davantage de façon à aborder la chute le nez en avant et à rester maître de son bateau, mais le courant le gagna de vitesse. Déjà la dénivellation était là, aspirant l'embarcation qui monta légèrement et roula comme une quille.

Projeté vers l'aval, Tiennot lâcha son aviron et toucha l'eau les bras en avant, en plein dans le bouillonnement d'écume. Entraîné, roulé de droite et de gauche, aspiré par les tourbillons, il se mit en boule, les genoux au menton, comme le père lui avait appris à le faire, et il se laissa malmener. Dès que les muscles de la Loue le serrèrent moins étroitement, il s'allongea et amorça une brasse qui le ramena aussitôt à la surface.

Lorsqu'il put regarder autour de lui, il se trouvait à une cinquantaine de mètres en aval du barrage. Son premier souci fut sa barque qu'il repéra sur sa gauche, légèrement en amont. Le fond en l'air, elle descendait en valsant lentement. Il nagea dans sa direction et s'y accrocha pour reprendre son souffle.

– Merde, grogna-t-il, heureusement que j'avais pas mes bottes.

Nageant des jambes et d'un bras, il poussa la barque vers la rive.

– Mes bottes, même si j'avais pu les ôter dans l'eau, elles étaient foutues... J'aurais pas pu les ravoir... Et les ôter, c'est jamais sûr.

Après quelques brasses, il dit encore :

– Et la Clémence, bon Dieu ! Heureusement qu'elle était pas avec moi !

Il mit un long moment pour atteindre les eaux calmes, assez loin en aval. Il s'accrocha quelques minutes à une tête de saule avant de repartir vers les terres. Il dut nager encore longtemps avant de prendre pied. Là, il poussa la barque jusqu'à une clôture de barbelés et l'attacha à un piquet.

Son souffle était court, mais son visage un peu crispé se détendit lorsqu'il dit avec fierté :

– Ça, j'en connais pas qui le ferait.

De l'eau jusqu'à mi-cuisses, il se regarda et grogna :

– Merde, c'est mon beau pantalon. Et ma chemise... Bon Dieu, la Berthe va m'engueuler. C'est sûr...

Il resta un moment fort inquiet, hochant la tête et contemplant ses vêtements jaunes de boue. Puis, s'adressant à sa barque, il lui dit :

– Et toi, faut que je te remonte pendant qu'il reste de l'eau sur les prés. Sinon, c'est foutu. Faudra te charger sur une voiture... Et pour te remonter, me faut te retourner. Ça, tout seul, c'est pas possible... Et puis, me faut des rames. Peut-être que celles du forgeron, elles pourront faire.

Il se gratta le crâne et dit encore :

– Une bonne paire de rames, je sais pas ce que ça vaut... Ça doit pas être donné. Et des sous, j'en ai plus.

Le soleil avait fini par percer les grisailles, et, sur l'univers détrempé, une brume lumineuse rampait, montant par endroits au flanc des embouches et jusqu'à la forêt.

Tiennot marcha un moment dans l'eau, puis dans la boue grasse d'un labour avant d'atteindre le talus et de grimper sur le chemin. Il se trouvait à deux bons kilomètres du village.

Il enleva sa chemise qu'il tordit avant de la jeter sur son épaule. Dans le soleil, son torse velu et puissant fumait comme la croupe d'un bœuf au labour. Il allait de son long pas régulier, répétant souvent :

– Saloperie... Une rame pourrie... C'est pas de ma faute... La Clémence, elle va m'engueuler, c'est sûr... Et après un coup comme ça, elle voudra plus traverser... Bon Dieu, comment je vais faire ?...

24

Lorsque Tiennot entra chez les Poussot, Berthe, qui était seule à la cuisine, le regarda l'air effaré.

– Mais, fit-elle, qu'est-ce que tu as fait ?

– Une rame qui a cassé... Une saloperie de rame pourrie...

– Et alors ?

– Au ras du tolet, qu'elle a lâché...

– Et tu es tombé à l'eau ?

– Ben, ma foi, j'ai fait le catrabuchot par-dessus le barrage...

– Mon Dieu, mon pauvre petit !

Tiennot se redressa et dit, très fier :

– Et j'ai pu récupérer la barque. Je l'ai ramenée sur le pré... Seulement, faut que je trouve des rames.

– Il faut déjà trouver de quoi te changer.

– Oh ça !

Berthe s'était approchée de lui et l'examinait.

– Mais ma parole, dit-elle, c'est ton pantalon des dimanches, et ta chemise blanche.

– Ben oui, quoi. Tout le reste était mouillé.

La vieille eut un profond soupir et un geste de lassitude en murmurant :

– Mon pauvre Tiennot !

Il regarda autour de lui, l'air inquiet, puis il demanda :

– La Clémence, elle est couchée ?

– Elle a voulu aller chez Flavien.

Il demeura quelques instants hébété, puis il lança :

– Chez Flavien, et pour quoi faire ?... Bon Dieu, j'y vais.

Berthe, qui se dirigeait vers la chambre, revint à lui et le retint.

– Attends. Tu vas te changer... Rien ne presse. L'Arthur est allé avec elle.

– Non. J' veux y aller tout de suite.

Berthe se campa devant la porte et cria :

– Tu vas m'écouter, dis !... Tu sais que j'aime bien qu'on m'obéisse, moi !

Tiennot baissa la tête, redevenu soudain le petit garçon que les Poussot avaient gardé durant trois ans.

D'une voix douce, Berthe reprit :

– Me fais pas fâcher, mon petiot. Tiens-toi tranquille. Je vais te chercher des habits. Je peux pas te donner des affaires d'Arthur, tu rentrerais pas dedans, mais j'en ai qui restent de mon pauvre frère, ça devrait pouvoir aller.

Pareil à un enfant privé de sortie, Tiennot demeurait figé, lançant seulement des regards vers la porte, faisant visiblement un effort considérable pour ne pas se sauver.

– Bon Dieu, grognait-il. J'aurais pas dû venir ici... Est-ce que je pouvais savoir ?... Chez Flavien, pour quoi faire ? Qu'est-ce qu'elle aura de plus ?

Berthe revint avec un pantalon et un gros pull-over bleu à rayures blanches.

– Tiens, enfile voir.

Tiennot se tourna du côté du mur et enleva son pantalon pour passer l'autre qui était trop large de taille et dont le bas des jambes lui arrivait à mi-mollets.

– Ça va très bien, dit Berthe. Avec ta ceinture, il tiendra.

Le pull était un peu étroit d'épaules avec des manches beaucoup trop courtes, mais Berthe dit :

– Avant-guerre, c'était la mode.

Tiennot se dirigeait vers la porte lorsque le père Poussot entra.

– Et la Clémence ? dit Tiennot.

Arthur l'examina de la tête aux pieds tandis que Berthe disait :

– Il a chaviré, et il a plongé par-dessus le barrage.

– Tu pouvais te tuer, dit Arthur.

– J'ai pu récupérer la barque, tout de même... Et la Clémence ?

Arthur le prit par le bras et l'entraîna près de la table en disant :

– Viens t'asseoir, faut que je t'explique.

– Où elle est ?

Le visage de Tiennot s'était durci. La tête penchée, il fixait Arthur, le regard au ras des sourcils.

– Elle est partie avec la voiture du boucher...

Arthur avait à peine dit cela que Tiennot se levait d'un coup, renversant sa chaise.

– Bon Dieu ! hurla-t-il, je m'en doutais !... Vouerie de merde ! J'aurais pas dû la traverser !

Il allait filer vers la porte, mais Berthe et Arthur se précipitèrent.

– Laissez-moi aller, ragea-t-il.

– Où donc ? demanda Arthur.

– La chercher.

– Où ?

– Je...

Il se tut. Il y eut un silence épais, puis les vieux l'obligèrent à s'asseoir. Calmement, Arthur dit :

– Si tu allais la chercher chez son père, c'est en prison que tu finirais.

Les poings énormes de Tiennot se crispèrent. Il s'était mis à trembler et il bégaya :

– En prison... Ben merde...

– Tu lui as cogné dessus avec une trique. Elle a le crâne esquinté et elle nous a montré ses bras qui sont tout bleus.

Arthur se tut. Tiennot tremblait de plus en plus. De sa lèvre pendante coulait un filet de salive. Il demeura sans

116

voix un moment puis, comme s'il eût tiré chaque mot du fond de sa poitrine, il lança :

– C'est pas vrai... C'est pas vrai... Je l'ai pas battue... Elle est tombée sur le piquet... C'est pas vrai.

À mesure qu'il criait, sa voix prenait de l'ampleur et montait vers des aigus tremblotants. Il se leva lentement, en continuant de crier :

– C'est pas vrai... J' l'ai pas battue !

Il fallut longtemps de patience et de douceur aux deux vieux pour l'apaiser.

Enfin, il retomba sur sa chaise, puis, les deux coudes sur la table, le front dans ses mains, il se mit à sangloter en répétant :

– C'est pas... J' l'ai pas battue ! Elle est tombée sur le piquet... J' savais bien qu'elle partirait. J' le savais... Elle se plaisait pas... Elle avait pourtant tout ce qu'y faut... Sa télévision et tout... J' le savais...

25

Les Poussot réussirent à retenir Tiennot jusqu'après le repas de midi. Il continuait de se lamenter, mais il mangea tout de même un énorme morceau de bœuf bouilli, trois assiettées de légumes et du fromage.

Arthur lui avait expliqué que Clémence avait d'abord voulu partir. Puis, comme ils la retenaient, elle avait montré ses bras en disant que Tiennot l'avait empoignée et jetée par terre. Elle avait également affirmé qu'il l'avait assommée d'un coup de manche de pioche pour l'empêcher d'appeler à l'aide.

– C'est Flavien qui a tout fait, disait Tiennot. Et à présent, me voilà tout seul... Et des sous, j'en ai plus.

Il raconta comment les choses s'étaient déroulées le jour où Clémence était arrivée. Les deux vieux se regardèrent, puis Arthur demanda :

– Les sous, tu les as donnés à Flavien ?

– Non, au père de la Clémence.

– Devant Flavien ?

– Bien sûr.

Arthur hocha la tête et fit la grimace en mordillant sa moustache.

– Qu'est-ce que ça fait ? demanda Tiennot.

– Rien.

Il y eut un silence, puis Tiennot répéta, sur un ton de colère mal contenue :

– C'est Flavien qui a tout fait... Et le poste, c'est aussi lui qui me l'a fait acheter... Et maintenant, où c'est que je vais prendre les sous pour finir de le payer ?

Le vieux interrogea sa femme du regard, puis, avec un soupir, il dit :

– Mon pauvre Tiennot, tu pourras toujours venir manger ici. Tu sais bien que t'es chez toi.

– Pour le poste, dit Berthe, faudra le rendre. T'en as plus besoin.

– Et si elle revient ?

Le regard de Tiennot s'était éclairé.

– Allons, mon petit, fit doucement la Berthe, tu sais bien qu'elle reviendra pas.

Il baissa la tête et ses mains se remirent à trembler. La voix brisée, il répéta :

– C'est ce salaud d' Flavien qu'a tout fait... Le père l'aimait pas... Il disait : « Méfie-toi. Il est franc comme un âne qui recule. Et trop près de ses sous. »

Comme la colère le reprenait, Arthur lui dit :

– Tu devrais venir avec moi chez Joseph. On irait chercher ses rames. Si tu remontes pas ton bateau à présent, il va se trouver à sec.

– C'est sûr, dit Tiennot.

En allant chez le forgeron, ils passèrent à quelques sabotées du café, et Tiennot cracha en direction de la porte :

– C'est ce salaud qui a tout fait... Je l' sais. Et c'est encore lui qui l'a fait s'en aller... Et à présent, j' suis tout seul... Et des sous, j'en ai plus.

Arthur l'entraîna. Le forgeron leur prêta ses rames en disant :

– Elles sont sûrement moins longues que les tiennes, mais c'est les mêmes tolets... Tu es trop costaud. Tire pas trop, tu me les casserais aussi.

Tiennot se redressa. Il dit :

118

– Tout de même, j'ai récupéré le bateau.

– J'en connais pas beaucoup qui en auraient fait autant, dit le forgeron... Je vais aller avec vous, je vous donnerai la main pour retourner le barlu.

Le forgeron ne fut pas de trop, car la Loue avait déjà baissé beaucoup. Lorsqu'ils eurent retourné la barque, il fallut, à plusieurs reprises, la tirer et la pousser sur les prés où il ne restait que quelques centimètres d'eau.

Ils montèrent ainsi quelques centaines de mètres en amont de l'île, puis Arthur dit :

– Si tu veux, je vais traverser avec toi pour t'aider à nettoyer ta cuisine.

– C'est pas la peine, dit Tiennot dont le regard démentait.

Arthur se tourna vers le forgeron et demanda :

– En rentrant, passe dire à la Berthe qu'on sera là pour la soupe.

– Alors, dit le forgeron, je vais vous regarder traverser. La Berthe sera plus tranquille.

Le vieux se mit à rire, puis il embarqua en disant :

– Si tes rames sont solides, avec Tiennot, je suis tranquille. Mais je vois bien que toi, tu te risquerais pas à traverser aujourd'hui.

– T'as raison, faudrait me payer cher. Et même avec Tiennot.

La barque s'éloignait déjà. Le forgeron, debout avec de l'eau à mi-bottes, lança :

– Pour revenir, fais pas comme ce matin, remonte sur l'autre rive, ça court moins. Vaut mieux passer le plus loin possible du barrage.

Le vieux se remit à rire en criant :

– Tais-toi donc, tu crains pour tes rames !

Ils traversèrent facilement, portés par le courant, et la barque entra sur l'aire par le passage de l'escalier. L'eau s'était retirée et arrivait au niveau du piquet le plus proche de la maison. Tiennot y attacha la barque en montrant l'endroit où Clémence était tombée. Puis il prit le vieux sur son dos pour lui éviter d'embarquer de l'eau dans ses bottes. Arthur se mit à rire.

– Le pantalon du beau-frère va encore raccourcir, dit-il, si tu le mouilles tout le temps.

Tiennot aussi eut un petit rire, mais son regard demeurait sombre.

Tandis que le vieux commençait de balayer la boue que l'eau avait laissée sur le carrelage, Tiennot s'en fut remettre le bois et les cages à lapins en place sous l'appentis. Il travaillait avec une espèce de rage, lançant sur la pile d'énormes rondins trempés que deux hommes de bonne force eussent à peine soulevés. Entre ses dents, il ne cessait de jurer :

– Salope... Vouerie... Je savais qu'elle s'en irait... C'est l' Flavien qui a tout fait... Celui-là, y me le paiera... Et le bois qu'elle m'a fait brûler... Saloperie... À présent, des sous, j'en ai plus... C'est pas l' Flavien qui m'en donnera.

Il monta au grenier et fit sortir les poules à grands coups de pied et à grands coups de gueule. Quelques-unes s'envolaient pour tomber lourdement dans la boue, d'autres s'accrochaient aux barreaux de l'échelle d'où il fallait les déloger. Quand elles furent parties, il descendit un sac de paille sèche pour refaire la litière des lapins qu'il revint chercher et qu'il eut du mal à capturer dans ce grenier où il y voyait très peu. Il jurait, toussait, transpirait, s'étalait sur le foin ou la paille, se cognait partout.

À un certain moment, il tomba sur le matelas et s'arrêta pour flairer encore l'odeur de Clémence.

Il sembla se calmer un peu, puis, redressé sur les genoux, le visage ruisselant et couvert de poussière collée, il dit :

– Bon Dieu, elle reviendra pas... Sûr qu'elle reviendra pas... C'est sûrement ce salaud de Flavien qui lui aura fait dire que je l'ai rossée... Bon Dieu, si j'avais su, je l'aurais jamais traversée, cette vache !

26

À 7 heures du soir, les deux pièces étaient propres.

– Dans quelques jours ce sera sec, dit Arthur, tu pourras ramener les meubles.

Lorsqu'ils rentrèrent, Berthe avait trempé la soupe. Ils mangèrent en parlant de la crue et du travail qu'ils avaient fait. Tiennot semblait à peu près calme, pourtant, alors que Berthe lavait la vaisselle et que le vieux lisait dans son journal les nouvelles des inondations, il se dressa soudain et demanda :

– Le Flavien, est-ce qu'il aurait pas eu quelque chose, sur les sous que j'ai donnés à Lecoutre ?

Les Poussot se regardèrent, et ce fut Berthe qui répondit :

– Tout de même, qu'est-ce que tu oses dire !

– Celui-là, le père l'aimait pas... Y disait toujours...

Arthur l'interrompit :

– Ne va pas te mettre des idées dans la tête. D'ailleurs, encore que ça serait, qu'est-ce que tu pourrais y changer ?

Tiennot ne répondit pas. Il s'accouda de nouveau, la tête dans ses mains, mais sans cesser de grogner et de remuer sur sa chaise jusqu'au moment où il se leva en annonçant :

– Je vais me rentrer.

– Que non, dit Berthe. Tu vas coucher là.

– Non. Je veux rentrer.

Ils tentèrent de le retenir, mais, le front barré d'une ride têtue, Tiennot s'obstinait à répéter :

– J' veux rentrer. J' veux pas laisser la maison... Et les bêtes et tout... Sans compter la barque. Où je l'ai amarrée, demain elle serait à sec.

Le vieux soupira :

– C'est bon, je vais t'accompagner un bout.

La nuit était claire, avec une grosse lune ronde qui dormait dans un flot de coton blanc posé sur la forêt.

– Ce sera peut-être pas encore le vrai beau temps, observa le vieux.

– C'est sûr, dit Tiennot.

Ils allèrent jusqu'au pré, et là, ils se séparèrent. Le père Poussot resta planté à regarder Tiennot qui pataugeait dans les flaques pour gagner sa barque.

– Fais attention ! cria le vieux.

– Ouais ! Ça craint rien !

Après avoir remonté un moment en bordure des arbres, Tiennot traversa en douceur. L'eau avait à moitié libéré la cour, et il put attacher sa barque au premier piquet qu'il avait planté. Il alla chercher sa torche dans la maison, vint examiner ses bêtes, puis, comme tout était en ordre, il dit :

– Demain, j'irai voir la Miaule dans son embouche.

121

Il monta au grenier, enleva son pantalon dont le bas était mouillé, retira aussi le pull-over à rayures blanches, puis il s'étendit sur le matelas, à la place où avait dormi Clémence.

Il demeura un long moment sur le dos, les mains croisées sous la nuque, à regarder le haut des arbres baignés de lune qui s'encadraient dans l'ouverture. Les nocturnes poussaient leur cri, le barrage grognait, un vent léger faisait frissonner les peupliers.

– Bon Dieu, être partie comme ça... Saloperie... Déjà hier soir, qu'elle a rien voulu savoir. J'aurais dû me méfier.

Il se tourna sur le ventre pour respirer l'odeur de Clémence, mais le matelas ne sentait plus que le foin et l'urine de lapins.

– C'est sûrement le Flavien qui lui a monté le coup.

Il réfléchit un moment, puis, se dressant comme si on l'eût fouaillé, il rugit :

– Et si ça se trouve, elle est encore chez lui !

Son souffle était devenu rauque. Sa tête était cassée en avant et sa lèvre luisante pendait.

– Saloperie... Saloperie... Bon Dieu, si elle est là, je la ramène... Et c'est pas le Flavien qui m'en empêchera... Sûr que non... Sûr que non...

Il s'habilla en hâte et descendit. L'eau avait encore baissé et il dut pousser la barque sur la terre où ses pieds nus glissaient. Il manqua tomber deux ou trois fois, mais la colère décuplait ses forces.

Lorsque la poupe de la barque eut atteint l'eau, il souleva la proue, la fit pivoter et la lança. Elle retomba dans un grand éclaboussement de limon qui le trempa jusqu'au visage. Il s'essuya d'un revers de manche, monta, et se mit à tirer dur pour foncer vers la sortie. Au passage, trompé par l'ombre des arbres, il accrocha le haut de la main courante. Le bois cria.

– Bordel, jura-t-il, faut pas rigoler !

Il tira ferme, mesurant cependant sa force pour ménager les avirons.

– S'agit pas recommencer la culbute, bon Dieu !

Ces rames plus courtes que les siennes l'obligeaient à travailler plus vite, mais sa science innée du barcot pouvait tout lui permettre. Il atteignit la rive bien au-dessus du bar-

122

rage, engagea la barque dans le chemin qui n'était plus recouvert que jusqu'à mi-côte, amarra au tronc d'un frêne et partit en allongeant le pas.

– Faudrait pas tomber sur l'Arthur... Je vais faire le tour.

Il contourna le village et atteignit la maison du cafetier par la ruelle. Plusieurs chiens se mirent à donner de la voix. Il s'arrêta, attendit le retour du silence, puis avança lentement. La fenêtre de la cuisine était éclairée. Il s'y arrêta. Le cafetier et sa femme étaient assis devant leur poste de télévision. Tiennot fouilla la pièce des yeux, puis grogna :

– Sûr qu'elle est pas ici... Sans ça, elle regarderait le poste... C'est sûr...

Il demeura là un moment, puis il reprit son chemin en disant :

– J'ai tout de même le droit d'entrer pour boire un coup.

Il tourna l'angle de la ruelle et de la place, mais les volets de bois du café étaient déjà fermés.

– Saloperie, fit-il.

Après un temps d'hésitation, il revint à la fenêtre, regarda encore, puis se dirigea vers la grille de la cour en disant :

– J'ai bien le droit de savoir où elle est partie.

De la porte vitrée donnant sur la cour, il observa encore un moment Flavien et sa femme qui riaient devant leur poste. À présent, il les voyait de profil. Son index replié frappa à la vitre. La femme se tourna et cria :

– Oui... Entrez !

Il entra, boueux des pieds aux cheveux, et Flavien partit d'un grand éclat de rire en lançant :

– Ben mon cochon, où tu t'es roulé, pour être dans cet état ?... Et ton pantalon, c'est celui de ta communion ?

Tiennot regarda ses jambes et le pantalon prêté par la Berthe. Son visage ébaucha un sourire qui se mua vite en grimace.

Le rire du cafetier s'arrêta.

Comme Tiennot avançait, l'air buté, Flavien se leva et demanda :

– Qu'est-ce que tu as ?

– Faut... Faut pas rigoler, dit Tiennot entre ses dents.

– Pas rigoler, mais t'as tout d'un guignol, attifé comme ça.

– Guignol... guignol... Où elle est, la Clémence ?

Il s'était arrêté à deux pas du couple. La femme se leva aussi et recula, pas tranquille.

– Elle est chez elle, pardi ! lança Flavien... Tu voudrais pas qu'elle reste avec un mec qui lui tape dessus.

– C'est pas vrai !... hurla Tiennot. Je l'ai pas battue !

Flavien eut un ricanement. Son doigt tira sa paupière inférieure tandis qu'il disait :

– Tiens, mon œil ! Tu l'as salement amochée. Moi, ça me regarde pas, mais je serais pas étonné que son père s'amène avec les gendarmes pour te demander des comptes.

– C'est pas vrai... Elle est tombée sur un piquet.

– Facile à dire, mon gars. Mais ça m'étonnerait que tu t'en tires comme ça.

L'écume aux lèvres, le visage déformé par la colère qui faisait trembler ses membres, Tiennot avança en criant :

– Salaud ! C'est toi qu'as tout fait ! Tout... J' veux qu'elle revienne, t'entends. J' veux qu'elle revienne !

– Pauvre idiot ! Qu'est-ce qu'elle viendrait faire avec un fauché qui lui fout des raclées ?

Tiennot s'arrêta. Son grand corps parut vaciller un instant d'avant en arrière, avant de se remettre en marche. Bégayant de rage, il essaya de crier :

– Fauché. À, à cause de, de, toi... C'est toi...

Flavien, qui reculait lentement vers la porte du café, semblait sur le point de détaler. Il voulut se faire menaçant.

– Tiens-toi tranquille, fit-il. Ou ça va te coûter cher.

– Coûter... éructa Tiennot. Des, des sous, j'en ai plus... Tu m'as tout volé, salaud !

– Ferme ça, ou je vais te corriger. Oublie pas que j'ai été parachutiste, moi. J'en ai sonné des plus durs que toi.

Tiennot voulut sans doute répondre, mais sa gorge nouée ne laissa passer qu'un rugissement.

Prise de panique, la femme du cafetier bondit vers la porte du jardin en criant :

– Au secours ! Au...

Elle fit deux enjambées mais n'eut pas le temps de répéter son appel. Tiennot leva le bras pour lui barrer le passage, et le tranchant de l'énorme main heurta le menton de la femme. Il y eut un claquement sec des dents et le corps partit en arrière pour s'étaler de tout son long, le crâne heurtant le sol.

– Fumier ! hurla le cafetier en empoignant une chaise.

Tiennot qui regardait avec étonnement la femme étendue, n'eut que le temps de lever le coude pour parer le coup. La chaise s'abattit pour se fracasser sur son avant-bras. Le cafetier voulut cogner avec cette chaise aux barreaux brisés, et il la leva à deux mains. Sans doute voulut-il crier aussi, mais son appel ne fut qu'une espèce de gloussement rauque et étranglé. Excité par ce choc comme un taureau par une première banderille, Tiennot avait foncé, tête et poings en avant. Son crâne avait fait craquer les côtes du cafetier coincé entre ce bélier et le mur, tandis que ses poings écrasaient le ventre mou.

Tiennot recula et le corps s'écroula sur les genoux fléchis pour se casser en avant puis rouler enfin sur le côté.

– Bon Dieu... C'est toi qu'as tout fait... Tout... Salaud... Le père le disait que t'étais un pas-grand-chose... Il le disait.

Les deux corps demeuraient inertes. De la bouche de l'homme, sortait un souffle court qui faisait naître des bulles de glaires et de sang.

Tiennot regarda autour de lui. Le poste de télévision fonctionnait toujours. Une fille brune chantait devant des musiciens vêtus de costumes à paillettes.

– Bon Dieu, la télévision, grogna Tiennot.

Il allait s'approcher du récepteur lorsque son regard fut attiré par la cuisinière où des flammes dansaient. Il parut soudain fasciné. Son visage ébaucha une grimace, puis se détendit. Il eut un hochement de tête et un sourire. Il s'approcha, découvrit le foyer et contempla le feu de plus près en disant :

– C'est mieux... Sûr que c'est mieux...

Il prit la pelle à charbon, ouvrit la grille et sortit du foyer les braises et les bûches enflammées. Il jeta le tout à travers la pièce, d'un large geste de semeur. Aussitôt, le linoléum se mit à fumer. Il avisa une pile de journaux sur une chaise, il en froissa un en torche qu'il alluma pour le glisser sous le buffet. Ensuite, avec une joie visible, il fit la même chose pour la table à rideau supportant le poste de télévision. La fille brune chantait toujours derrière les flammes qui léchaient l'écran.

Déjà la fumée s'amassait au plafond, alors, sans un regard pour les deux corps, Tiennot sortit en courant et regagna la Loue en empruntant d'instinct le chemin qu'il avait pris pour venir.

27

Dès qu'il eut contourné le village, Tiennot prit à travers prés et courut droit sur l'entrée du chemin où il avait laissé sa barque. Sans se retourner, il détacha la chaîne, poussa au large et sauta. Il rama un moment vers l'amont, puis il piqua en direction de l'île aux Biard.

Il semblait avoir oublié son accident du matin. Décollant de son siège à chaque tirée de rames, il souquait de tout son poids. Le bateau vibrait. Le bois des avirons se plaignait parfois. L'eau vive pleurait tout au long des bordages et giflait le plancher à l'avant. Chaque fois que Tiennot retombait sur son banc, un choc sourd courait sous l'eau à la recherche de son écho.

Tiennot avait amorcé sa traversée à peine en amont du chemin, mais sa puissance était telle qu'il aborda l'île quelques mètres seulement en aval de l'embarcadère dont le haut de la main courante retenait une souche qui montait et descendait à chaque remous.

Tiennot dut se baisser et plaquer les avirons le long des flancs pour passer à travers le rideau de branchage trempé.

Dès qu'il fut sur l'île, le fond racla. Il sauta, tira la chaîne pour engager l'avant sur le sol boueux, mais ne prit même pas la peine d'amarrer.

Lorsqu'il se redressa, il vit une lueur rouge qui montait derrière les arbres et se reflétait jusqu'à ses pieds.

– C'est le Flavien qu'a tout fait, dit-il. Tout. Et moi, j'ai plus rien.

Du haut de l'échelle, il ne pouvait découvrir le village à cause de la butte des prés crêtée de haies vives, mais il vit nettement de hautes flammes et des étincelles qui s'élevaient en tournoyant dans le ciel où la fumée moutonnait, rouge vers le bas, et toute nappée de lune dessus.

– C'est lui qu'a tout fait... répéta Tiennot. Le père ne l'aimait pas... Y disait : « Faut s'en méfier. C'est un pas franc du collier. Et sa bourgeoise, elle vaut pas plus cher que lui. »

Il respira longuement, passa son avant-bras sur son front ruisselant, puis, d'une voix plus dure, il dit encore :

– Il avait qu'à pas la faire partir... J'ai jamais battu personne, moi... Le père, y voulait pas qu'on s' batte.

Il pénétra dans le grenier, chercha sa torche électrique, l'alluma et promena un moment le faisceau sur le matelas. S'étant agenouillé, il flaira longuement la place de Clémence, et, d'une voix que les sanglots faisaient dérailler, il dit :

– Reviendra plus... C'est sûr, elle reviendra plus. L'était pourtant pas mal, ici... C'est foutu... Foutu...

Il se releva et dirigea la lumière vers le poste de télévision.

– Elle avait sa télé... Et tout.

Il hésita un instant, puis, d'une voix éraillée mais dure, il lança :

– Et sur cette télé, est-ce qu'il aurait pas aussi touché des sous, l'autre salaud ?... Va toujours savoir... Pourriture !

Il retourna se pencher à l'entrée et regarda les flammes qui montaient de plus en plus haut. Malgré le bruit du barrage on entendait nettement des appels, un avertisseur d'automobile et le grondement de plusieurs moteurs.

– Savoir si ses lapins vont se sauver en brûlant, dit-il... Ici, y avait la rivière...

Tiennot demeura longtemps ainsi, l'œil rivé à cette lueur, à ces nuages lourds qui montaient du village pour aller se rouler sur la forêt.

– Ça va faire du bruit, c'est sûr... Mais c'est lui qu'a tout fait. Tout et tout... Des sous, j'en ai plus... La Clémence, elle reviendra pas... Les sous du père, foutus... Y en a plus... Plus rien...

La colère l'étrangla. Il toussa et cracha, puis, se retournant soudain, il jeta sa lampe électrique dans la paille. Empoignant le récepteur de télévision, il le lança dans le vide, le plus loin qu'il put. Il y eut un floc mou dans la vase, un temps, et, très faible du côté des bois, un long ululement reprit trois fois.

Tiennot l'écouta, la main crispée sur le chambranle, le corps parcouru de frissons.

– Le chat-huant... murmura-t-il. Et trois fois, encore... Trois fois... C'est signe de mort. La nuit que la mère a été tuée, il avait gueulé trois fois. Le père me l'a dit souvent...

Une moto pétaradait sur la route. Des voitures roulaient vite et le faisceau lumineux de leurs phares sortait parfois de derrière la butte, balayait le ciel puis disparaissait.

Tiennot regarda un moment les lueurs grandissantes. Son visage grimaçait, semblait déformé par la douleur, puis par une espèce de rire aigre qui venait du fond de sa gorge.

La cloche du village se mit en branle et Tiennot rit plus fort en disant :

– Bon Dieu, même la cloche.

Il regarda encore les lueurs, puis il descendit l'échelle calmement. Il passa devant sa barque puis à hauteur de la porte de cuisine sans tourner la tête. Il semblait fixer quelque chose au loin, à la surface de l'eau où la lune dessinait en pointillé un long sentier de lumière froide.

Devant l'appentis, Tiennot resta quelques instants l'œil rivé à ce reflet, puis il dit doucement :

– Sûr qu'elle reviendra plus... C'est sûr.

Alors, sans un regard pour l'incendie, il entra sous l'appentis, dressa une petite échelle contre la poutre de traverse, prit la corde qui lui servait de harnais pour la charrue, monta à l'échelle, fit un bon nœud de batelier autour de la poutre, puis, à l'autre bout du filin, un nœud coulant qu'il se passa autour du cou en répétant :

– Sûr qu'elle reviendra pas... C'est sûr...

Sa voix était calme et douce. Il regarda encore une fois, à travers les fascines, le miroir de la Loue tout vivant sous la lune, puis, fermant les yeux, il sauta de l'échelle.

Il y eut un craquement sec. Son grand corps épais frémit un instant et se balança lentement, tout parcouru de reflets pâles que laissaient filtrer les branches et qui lui donnaient encore une apparence de vie.

Château-Chalon, 27 avril 1973.
Villeneuve-sur-Yonne, 17 juillet 1975.
Revu à Capian pour cette
édition, 17 juin 1994.

Achevé d'imprimer en Europe
à Pössneck (Thuringe, Allemagne)
en juillet 1995
pour le compte de EJL
27, rue Cassette 75006 Paris

Dépôt légal juillet 1995
1er dépôt légal dans la collection : juillet 1994

Diffusion France et étranger
Flammarion